MEU CORPO
QUER EXTENSÃO

PAGU
MEU CORPO QUER EXTENSÃO
UMA ANTOLOGIA [1929-1948]

Organização
Gênese Andrade

COMPANHIA DAS LETRAS

Copyright © 2023 by herdeiros de Patrícia Galvão

Grafia atualizada segundo o Acordo Ortográfico da Língua Portuguesa de 1990, que entrou em vigor no Brasil em 2009.

Capa e projeto gráfico Elaine Ramos
Preparação Leny Cordeiro
Revisão Gabriele Fernandes e Angela das Neves

Dados Internacionais de Catalogação na Publicação (CIP)
Câmara Brasileira do Livro, SP, Brasil

Galvão, Patrícia, 1910-1962

Meu corpo quer extensão : Uma antologia
[1929-1948] / Patrícia Galvão ; organização
Gênese Andrade. — 1ª ed. — São Paulo :
Companhia das Letras, 2023.

ISBN 978-85-359-3625-4

1. Literatura brasileira – Coletâneas
I. Andrade, Gênese. II. Título.

23-172298   CDD B869.8

Índice para catálogo sistemático:
1. Antologia : Literatura brasileira B869.8

Aline Graziele Benitez – Bibliotecária – CRB-1/3129

Todos os direitos desta edição reservados à
EDITORA SCHWARCZ S.A.
Rua Bandeira Paulista, 702, cj. 32
04532-002 — São Paulo — SP
Telefone: (11) 3707-3500
www.companhiadasletras.com.br
www.blogdacompanhia.com.br
facebook.com/companhiadasletras
instagram.com/companhiadasletras
twitter.com/cialetras

SUMÁRIO

INTRODUÇÃO — PAGU: PONTOS DE PARTIDA
— *Gênese Andrade*, 7

ÁLBUM DE PAGU [1929; *Fragmento*], 26
CARTA PARA OSWALD DE ANDRADE [1929], 27
PARQUE INDUSTRIAL [1933; *Fragmento*], 29
AUTOBIOGRAFIA PRECOCE [1940; *Fragmento*], 35
"A ESMERALDA AZUL DO GATO DO TIBET" [1944], 53
"NATUREZA MORTA" [1948], 103

FONTES, 105
CRÉDITOS DAS IMAGENS, 107
SOBRE A AUTORA, 109

INTRODUÇÃO
PAGU: PONTOS DE PARTIDA
Gênese Andrade

> *O meu corpo quer extensão,*
> *quer movimento, quer*
> *zigue-zagues.*
> Pagu, *Autobiografia precoce*

Pagu — o nome — é fruto de um equívoco. Patrícia Rehder Galvão (1910-1962) torna-se Pagu porque Raul Bopp, achando que ela se chamava Patrícia Goulart, criou o apelido que foi adotado definitivamente. Verbalizado pelos que a abordam, substitui seu nome no convívio com seus contemporâneos e na posteridade, usado como assinatura de vários de seus textos e desenhos, se sobrepõe a seu próprio nome e aos pseudônimos, impresso nas publicações, sem complemento. O equívoco revela-se inequívoco.[1]

---

1 Este texto segue a cronologia elaborada por Augusto de Campos, "Roteiro de uma vida-obra", em *Pagu: Vida-obra*. Org. de Augusto de Campos. São Paulo: Companhia das Letras, 2014, pp. 420-47; e tam-

Bopp apresentou a jovem normalista do Brás a Oswald de Andrade e Tarsila do Amaral no segundo semestre de 1928. Ela integrou o grupo da Antropofagia e foi revelada a um público mais amplo em outubro, pelas páginas da revista carioca *Para Todos*,[2] com poema do autor de *Cobra Norato* e ilustração de Di Cavalcanti, fixando-se sua imagem de maneira indelével. Assim como na gravura, os olhos expressivos também se destacam no poema:

Pagu tem os olhos moles
Olhos de não sei o quê
Se a gente está perto deles
A alma começa a doer.

Ai Pagu eh
Dói porque é bom de fazer doer

[...]

Você tem corpo de cobra
Onduladinho e indolente,
Dum veneninho gostoso
Que dói na boca da gente.

---

bém Gênese Andrade, *Pagu/ Oswald/ Segall*. São Paulo: Museu Lasar Segall/ Imprensa Oficial, 2009.

2 Raul Bopp, "Pagu", em *Para Todos*, Rio de Janeiro, ano X, n. 515, p. 24, 27 out. 1928. A coleção completa da revista está disponível em: <https://bndigital.bn.gov.br//acervo-digital/Para-Todos/124451>. Acesso em: 5 set. 2023.

A assinatura "Pagú" estreia na segunda dentição da *Revista de Antropofagia*,[3] em março de 1929, junto a um desenho de sua autoria: uma figura feminina em movimento e posição de ataque, segurando um tridente, em uma cena que inclui um indígena, uma oca, uma fogueira, palmeiras e o sol. Nada impede que se possa interpretá-lo como um autorretrato da jovem ousada e irreverente.

Além de desenhista, Pagu logo se revelou declamadora e poeta. Em junho daquele mesmo ano, a imprensa festejou sua participação numa festa beneficente em homenagem a Didi Caillet — "Miss Paraná" —, elogiando a declamação feita por ela de poemas modernistas de Bopp, Oswald e de sua autoria, marcada pela "convicção de quem sente todo o entusiasmo de uma arte nova".[4] Ou ainda: "Pagu foi uma surpresa para mim e para o auditório todo. Valente. Corajosa. Interessante. Original";[5] "Dominou com sua impassibilidade, com seu sangue-frio, com sua aparência estranha, toda a assistência".[6] Foi como declamadora que viajou a Buenos Aires em dezembro de 1930, para participar de um congresso de escritores.

---

3 *Revista de Antropofagia*, São Paulo, 2. dentição, n. 2. *Diário de S. Paulo*, São Paulo, 24 mar. 1929.

4 "Miss Paraná", *Diário de S. Paulo*, São Paulo, 6 jun. 1929. Apud *Pagu: Vida-obra*, op. cit., p. 422.

5 "Berta Singerman a Pagu", *Diário de S. Paulo*, São Paulo, 7 jun. 1929. Apud *Pagu: Vida-obra*, op. cit., p. 422.

6 "Com a festa do Municipal, terminou a visita oficial de Didi Caillet a São Paulo", *Diário de S. Paulo*, São Paulo, 6 jun. 1929. Apud *Pagu: Vida-obra*, op. cit., p. 422.

Ainda em junho de 1929, também na *Revista de Antropofagia*, junto ao terceiro desenho de sua autoria na publicação — o segundo saiu em maio —,[7] versos seus apareceram pela primeira vez:

> *aquele rapaz de calças xadrez...*
> *de gravata sentimental,*
> *me dava balas de alcaçuz*
> *e falava mal de mim.*

Encerra-se o mês com a divulgação de sua primeira foto, na revista *Para Todos*,[8] cuja legenda informa: "Pagu. Colaboradora de *Para Todos*. É normalista, pinta bonecos e é declamadora". No retrato, com o rosto levemente inclinado, ela mira um ponto indefinido.

No mês de seu nascimento — ocorrido em 14 de junho de 1910 —, Patrícia renasce como Pagu: batismo público na imprensa paulista e carioca, melhor dizendo, *début* ou estreia.

Sua primeira fotografia em um evento social, cercada por Tarsila do Amaral, Oswald de Andrade, Anita Malfatti, Álvaro Moreyra, Eugenia Álvaro Moreyra, Benjamin Péret, Elsie Houston e outros, circula em julho, também na re-

---

7 *Revista de Antropofagia*, São Paulo, 2. dentição, n. 11. *Diário de S. Paulo*, São Paulo, 19 jun. 1929; *Revista de Antropofagia*, São Paulo, 2. dentição, n. 8. *Diário de S. Paulo*, São Paulo, 8 maio 1929.
8 *Para Todos*, Rio de Janeiro, ano XI, n. 550, p. 29, 29 jun. 1929.

vista *Para Todos*.[9] O grupo estava na abertura da primeira exposição individual de Tarsila no Brasil, realizada no Palace Hotel, no Rio de Janeiro, em 20 de julho de 1929.

Na mesma publicação, Pagu é apresentada em prosa:

> Pagu está no Rio.
> [...]
> Não veio para ver a cidade, as praias, as montanhas, as vitrinas.
> Veio.
> Sem complemento.
> Pagu aboliu a gramática da vida.
> [...]
> Pagu não tem modos.
> Tem gênio.
> Faz poemas.
> Faz desenhos.
> Os poemas se dependuram nos desenhos e ficam gritando.
> [...][10]

No desenho feito por Di Cavalcanti, que acompanha o texto, Pagu aparece sentada em uma poltrona, com as pernas cruzadas, a mão direita erguida, segurando uma piteira, enquanto a esquerda repousa sobre suas pernas. Seus olhos e lábios exageradamente pintados coincidem com a descrição que se costuma fazer dela.

9 *Para Todos*, Rio de Janeiro, ano XI, n. 554, p. 14, 27 jul. 1929.
10 A., "Pagu", *Para Todos*, Rio de Janeiro, ano XI, n. 554, p. 21, 27 jul. 1929.

Já sua primeira entrevista circulou em agosto, de novo na *Para Todos*. Com o título "Na exposição de Tarsila",[11] assinada por Clóvis de Gusmão, a matéria traz um retrato da pintora feito por Pagu e inclui suas respostas inventivas a algumas questões. Ao ser questionada se teria livros a publicar, responde: "Tenho: a não publicar: Os *60 poemas censurados* que eu dediquei ao dr. Genolino Amado, diretor da censura cinematográfica. E o *Álbum de Pagu — vida, paixão e morte* — em mãos de Tarsila, que é quem toma conta dele. As ilustrações dos poemas são também feitas por mim".

Esse álbum, que já fora mencionado na legenda do terceiro desenho publicado na *Revista de Antropofagia*, permaneceu inédito, sendo divulgado apenas postumamente.[12] O mesmo ocorreu com cinco de seus desenhos,[13] semelhantes aos que integram a revista e o álbum — dois assinados como Pagu e três como Pat.

Datado de 1929, o *Álbum de Pagu* tem como subtítulo, mais exatamente, "Nascimento Vida Paixão e Morte". Consiste em um bloco com folhas soltas, usadas na verti-

11 Clóvis de Gusmão, "Na exposição de Tarsila", em *Para Todos*, Rio de Janeiro, ano XI, n. 555, p. 21, 3 ago. 1929.
12 O álbum original pertence a uma coleção particular. Foi revelado nas revistas *Código* e *Através* nos anos 1970 e reproduzido em 1982 na primeira edição de *Pagu: Vida-Obra*, op. cit.
13 Três desses desenhos integram a Coleção Mário de Andrade, Coleção de Artes Visuais, IEB-USP. Dois, que constituem um único papel, usado frente e verso, estão em uma coleção particular. Reproduzidos em Gênese Andrade, *Pagu/Oswald/Segall*, op. cit., pp. 34-7.

cal e numeradas de I a XXVIII. De caráter autobiográfico, mas com elementos ficcionais, a história é contada com ousadia, humor, erotismo, deboche, alusões irônicas a temas religiosos, em uma narrativa entrecortada, ora em verso, ora em prosa. Traços simples, mas com imenso poder de sugestão, criam imagens que completam os textos sem se subordinar a eles. Os desenhos e o texto manuscrito preenchem quase toda a extensão da página.

Cada um dos substantivos do subtítulo corresponde a uma das seções do álbum. Em "Nacimento" [sic], faz-se a apresentação em terceira pessoa do surgimento de Pagu em meio à cidade moderna, inserida na linhagem dos anti--heróis, e evoca as lendas indígenas: "Era filha da lua.../ Era filha do sol...". Sua caracterização é sintética e objetiva: "de olhos terrivelmente molengos/ e boca de cheramy./ [...]/ Pagu era selvagem/ Inteligente/ E besta...". A partir da seção seguinte, "Vida", o foco passa para a primeira pessoa e se intensifica o erotismo. Finalmente, em "Morte", encontra-se mais uma vez a objetividade e a concisão: "Quando eu morrer não quero que chorem a minha morte./ Deixarei o meu corpo pra vocês...", palavras com as quais o álbum se encerra.

Protegida pelo casal Tarsiwald, segundo Flávio de Carvalho,[14] Tarsila mimou Pagu, e esta se inspirou naquela,

---

14 Flávio de Carvalho, "O antropófago Oswald de Andrade", *Manchete*, São Paulo, 14 out. 1967. Reproduzido em J. Toledo. *Flávio de Carvalho: O comedor de emoções*. São Paulo: Brasiliense/ Campinas: Editora da Unicamp, 1994, pp. 477-81.

confessando até mesmo devoção. Oswald incentivou-a e a enalteceu. Mesmo tendo sua imagem inicialmente atrelada à pintora, ela foi se impondo, como as matérias citadas comprovam, e foi o pivô da separação do casal, quando o antropófago se apaixonou por ela. Curiosamente, Tarsila guardou o álbum consigo até o fim da vida.

Pagu engravidou de Oswald, foi enclausurada pelo pai, forjou-se um casamento com Waldemar Belisário para poder escapar da tutela familiar, salvar a imagem prezada pela sociedade e ir ao encontro de Oswald. Nesse contexto, declarou seu amor a ele em uma carta assinada como "Bebé", dirigida a "Jacaré, meu solteirão".[15]

No diário do novo casal, um caderno a quatro mãos, a data inicial é 24 de maio de 1929, mas Oswald só se separou de Tarsila no fim do ano. Com subtítulo romântico, zeloso e irônico, *O romance da época anarquista: Livro das horas de Pagu que são minhas. O romance romântico,*[16] aí se encontram: a anotação do casamento da "jovem amorosa" com o "crápula forte" no dia 5 de janeiro de 1930, no cemitério da Consolação, diante do jazigo da família e a informação do registro fotográfico diante da igreja da Penha, no mesmo dia. Alterna-se a letra de ambos, ora com registros de fatos do cotidiano, ora com declarações de

15 Tereza Freire, *Dos escombros de Pagu*. São Paulo: Senac, 2008, pp. 50-1.
16 *O romance da época anarquista* integra a Biblioteca Brasiliana Guita e José Mindlin (BBM-USP). Foi reproduzido apenas parcialmente em *Pagu: Vida-Obra*, op. cit.

amor, ora com desabafos que sugerem desentendimentos e separações. As palavras atestam a perda do primeiro filho, a nova gravidez, o nascimento de Rudá, o filho do casal (sem data no caderno, mas ocorrido em 25 de setembro), a separação, em 2 de junho de 1931, provavelmente quando Pagu, filiada ao Partido Comunista, inicia a militância fora de São Paulo e começa a se afastar de Oswald. A assinatura Bebé reaparece nessas páginas.

Também a quatro mãos foi o jornal *O Homem do Povo*, que circulou entre março e abril de 1931.[17] Fundado e dirigido pelo casal, o que caracteriza esse periódico — de grande formato, mas com apenas seis páginas em cada número — é a defesa dos ideais do comunismo, a crítica social, política e religiosa. A irreverência da linguagem e o caráter inovador da diagramação e das ilustrações também chamam a atenção. Pagu assina a coluna "A Mulher do Povo" e os quadrinhos "malakabeça fanika e kabelluda", é responsável pela seção de correspondência e pelas ilustrações e provavelmente está por trás de alguns pseudônimos. Entre os colaboradores, estão Oswald, Brasil Gerson, Galeão Coutinho, Geraldo Ferraz, Flávio de Carvalho e Astrojildo Pereira (com os pseudônimos Aurelinio Corvo e Gildo Pastor).

Oswald conta que foi Pagu que o levou para o comu-

---

17 *O Homem do Povo*. São Paulo, mar.-abr. 1931. Edição fac-similar. 3. ed. São Paulo: Globo/ Museu Lasar Segall/ Imprensa Oficial, 2009.

nismo. Após o fechamento do periódico, o casal viajou a Montevidéu, onde se encontrou com Luís Carlos Prestes. Ao regressar, Pagu militou em São Paulo, Santos e Rio de Janeiro, enfrentou prisões, sendo uma das primeiras mulheres presas por motivos políticos no Brasil, enquanto Oswald escapou e se manteve foragido, mas sempre em contato com ela e tentando proteger o filho do casal.

Pagu une literatura e militância no romance proletário *Parque industrial*, publicado em 1933, em edição financiada por Oswald, cuja capa traz o pseudônimo Mara Lobo, por exigência do partido.[18] Retrata o cotidiano das operárias das confecções do Brás, a burguesia é ridicularizada e se apresenta a exploração das mulheres em todos os sentidos, sendo inclusive mostrada a prostituição como única alternativa em certas circunstâncias. Há elementos autobiográficos, como o conhecimento que a autora tem do bairro por ter vivido ali até os dezesseis anos; a menção às meninas da Escola Normal, onde ela também estudou; a própria experiência de Pagu como operária e a repressão que enfrentou ao iniciar a militância em Santos. O personagem Alfredo Rocha, burguês dono de um Ford que se casa com uma normalista, frequenta os salões da alta sociedade e depois se converte ao comunismo, faz lembrar Oswald. Considerado o primeiro romance proletário brasileiro, contempla duplamente a literatura feminina: es-

---

18 Mara Lobo, *Parque industrial*. s.n.e., 1933; Patrícia Galvão, *Parque industrial*. São Paulo: Companhia das Letras, 2022.

crito por uma mulher e sobre mulheres; os personagens masculinos, exceto Alfredo Rocha, não são centrais.[19]

O primeiro capítulo de *Parque industrial* registra o cotidiano das trabalhadoras numa tecelagem. A exploração capitalista, a desinformação quanto à política, a ingenuidade e os sonhos das moças revelam-se em flashes, em meio a cenas do entorno: a multidão arrasta-se em chinelos, o jogo com a bola de meia, o lixo, a fumaça. A tecelagem é referida como uma "penitenciária social", onde conversas são entrecortadas pelo barulho dos teares — que dão título ao capítulo —, mas também são interrompidas pelo chefe, que as repreende grosseiramente. A riqueza de detalhes permite visualizar as sucessivas ações que se desenrolam em um dia de trabalho. Os diálogos perpassam temas diversos, mas também ressaltam a opressão, conduzindo a conversa para a possibilidade da consciência da exploração e a busca de novos caminhos, a partir do engajamento político. No desenrolar da trama ficcional, tecem-se os fios dos tecidos, mas também conversas, enredos, histórias de vida.

Em setembro de 1933, Pagu partiu em viagem ao exterior a serviço do partido e deixou registradas suas impressões na correspondência com Oswald e Raul Bopp.[20] Passou por Japão, China, Rússia, Alemanha e França, mi-

---

19 Ver Gênese Andrade, "A escritura estilhaçada de Pagu", *Revista da Biblioteca Mário de Andrade*, São Paulo: Departamento Biblioteca Mário de Andrade, n. 65, pp. 158-87, 2009.
20 Tereza Freire, *Dos escombros de Pagu*, op. cit.

litando e atuando como correspondente dos jornais *Correio da Manhã*, *Diário de Notícias* e *A Noite*. Quando estava em Paris, em setembro de 1935, foi presa e repatriada. O balanço dessa viagem, especialmente sua indignação com a miséria encontrada na China e em Paris, foi registrado, uma semana após o desembarque, por Geraldo Ferraz no artigo "Pagu andou pelo mundo".[21]

Seria presa novamente em 1936. Nessa ocasião, sua relação com Oswald já havia terminado. Depois de libertações, militância, novas prisões e fugas, viu-se definitivamente livre apenas em 1940. Ela tinha apenas trinta anos, mas a intensa vivência no mundo da militância e a sobrevivência no submundo do cárcere superavam muitas vidas. Nesse ano, desligou-se do PCB, do qual já havia sido expulsa em 1937. Ao sair da prisão, foi para a casa dos pais. Iniciou uma relação amorosa com Geraldo Ferraz, tiveram um filho, Geraldo Galvão Ferraz, nascido em 18 de junho de 1941, e foram companheiros até o falecimento de Pagu, em 1962.

Em uma longa carta datilografada,[22] dirigida a Geraldo Ferraz, estruturada como um diário, Pagu, no final de 1940, revê e reconstrói sua trajetória. O caráter ficcional do álbum e o aspecto lacunar de *O romance da época*

21 Geraldo Ferraz, "Pagu andou pelo mundo". S.l., *c.* 1935. O recorte integra o Prontuário de Patrícia Galvão no Deops. Arquivo Público do Estado de São Paulo, Fundo Deops, São Paulo.
22 A carta-diário-autobiografia foi publicada integralmente pela primeira vez no volume *Paixão Pagu: A autobiografia precoce de Patrícia Galvão*. Org. de Geraldo Galvão Ferraz. Rio de Janeiro: Agir, 2005; Pagu, *Autobiografia precoce*. São Paulo: Companhia das Letras, 2020.

anarquista são substituídos nessa carta pelo tom confessional, pela busca da precisão e pela preocupação com a cronologia dos fatos. Ao mesmo tempo, porém, admite sua confusão mental em alguns trechos. A leveza e a espontaneidade dos escritos autobiográficos precedentes são substituídas pelo aspecto dramático neste: "Por que dar tanta importância à minha vida? Mas, meu amor: eu a ponho em suas mãos. [...] Sofra comigo". Além das revelações dos bastidores da militância, das prisões e das viagens, faz uma surpreendente releitura do passado — que contradiz documentos anteriores —, reconstruído a partir do presente da escritura. Ela apresenta detalhes de sua infância e adolescência, e de seus vários relacionamentos; inclusive expõe aspectos muito íntimos dessas relações, sem pudor, especialmente quanto ao comportamento de Oswald e às humilhações por exigência do partido. Não há dúvidas de que a mudança de postura e a autoavaliação são resultado da maturidade desse momento e das experiências vividas. Nesse documento — em que reveste o discurso autobiográfico com a rubrica da carta, do diário e do relatório —, Pagu escreve principalmente para si mesma. Ao ver-se refletida no papel, pode melhor compreender-se, questionar-se e ao mesmo tempo reconstruir seu passado.[23]

23 Sobre esse livro, ver K. David Jackson, "A fé e a ilusão: O caminho de paixão e pureza de Patrícia Galvão", em *Paixão Pagu*, op. cit., pp. 14--23; Jorge Schwartz, "Antropofagia às avessas", *Folha de S.Paulo*, São Paulo, 24 jul. 2005.

Nos anos 1940, Pagu voltou à ficção. Escreveu doze contos policiais, publicados com o pseudônimo King Shelter, na revista *Detetive*, dirigida por Nelson Rodrigues, de junho a dezembro de 1944. Mas sua autoria só foi revelada postumamente, quando seu filho Geraldo Galvão Ferraz publicou nove desses textos no volume *Safra macabra*, em 1998.[24] Ambientados quase sempre na França, os contos refletem a influência de mestres do gênero, como Georges Simenon, e revelam o talento de Pagu para envolver o leitor no clima de suspense, mistério e exotismo, como acontece no conto "A esmeralda azul do gato do Tibet", cujo enredo, repleto de reviravoltas e surpresas, gira em torno de um grupo de personagens que disputa a posse de uma pedra rara, valiosa e misteriosa. Em 1945, Pagu lança, com Geraldo Ferraz, o romance a quatro mãos *A famosa revista* — uma das poucas obras (ou a única?) que traz impresso o nome Patrícia Galvão.

Também nessa década, Pagu voltou à poesia, ao publicar, em 1948, um poema denso, com o pseudônimo Solange Sohl, no Suplemento Literário do *Diário de S. Paulo*, em 15 de agosto. Os versos de "Natureza morta" causaram profunda impressão em Augusto de Campos, que escreveu "O sol por natural" inspirado neles, mas só tiveram sua autoria revelada tardiamente, em 1963, novamente

24 Patrícia Galvão/ King Shelter, *Safra macabra*. Org. de Geraldo Galvão Ferraz. Rio de Janeiro: José Olympio, 1998.

por seu filho Geraldo.[25] O tom sombrio do texto e a imobilidade que o título antecipa contrastam com o movimento incessante registrado no verso melodioso que se repete, mimetizando-o: "Que monótono o mar!". Ao transfigurar o autorretrato falado/ escrito em natureza-morta, transcende os limites de ambos os gêneros: os olhos continuam atentos, mesmo parados; as perguntas sucedem-se e ecoam, sem resposta. Imagem inacabada, pois ainda resta o "espaço branco".

Sabemos quando Pagu começa, mas não sabemos onde termina. Ela se dedicou ao jornalismo como redatora e correspondente, colaborou em jornais dos anos 1930 aos anos 1960, escrevendo crítica de arte, de literatura e de teatro, fez traduções e adaptações, e utilizou inúmeros pseudônimos. Sua carta autobiográfica ficou incompleta e, portanto, sem assinatura, o que não deixa de ser sugestivo, como pista das surpresas que novos textos e pseudônimos ainda nos trazem. O final de sua temporada na França nos anos 1930 foi objeto de pesquisa de Adriana Armony, que resultou no romance *Pagu no metrô*,[26] uma inspirada proposta de preencher as lacunas dessa viagem.

Pagu foi retratada por Candido Portinari em três obras: uma pintura a óleo e dois desenhos a grafite, todos realizados em torno de 1933. Flávio de Carvalho e Di Cavalcanti,

25 Augusto de Campos, "O sol por natural", *Noigandres*, São Paulo, n. 1, pp. 13-21, 1952; cf. "Solange Sohl 1948", in *Pagu: Vida-obra*, op. cit., pp. 233-45.
26 Adriana Armony, *Pagu no metrô*. São Paulo: Nós, 2022.

que presenciaram a inserção da jovem no círculo modernista, foram responsáveis por registrá-la em 1945 e 1946, na fase pós-comunista e pós-prisão, com feições joviais substituídas pela face amadurecida, e o olhar expressivo cedendo lugar a olhos distantes e sofridos.[27] Mas sua melhor representação visual está no âmbito da fotografia. O nome Pagu desperta imagens familiares — a partir de fotos que circulam amplamente — até mesmo em quem não leu seus textos e não desconfia dos enredos tortuosos que marcam os bastidores e o anedotário dos modernismos.

Em uma foto datada de 4 de janeiro de 1928, na praia do Gonzaga, em Santos,[28] embora ainda não seja Pagu, Patrícia parece querer vislumbrar sua trajetória, espreita o futuro. Ela olha além do horizonte, sua mão cobre os olhos, gesto comum para protegê-los do sol, mas que também sugere o desejo de enxergar mais longe. A mão sombreia os olhos, mas não encobre o sol, que ilumina seu rosto, tanto quanto sua boca, em cujos lábios destacados o sorriso desponta. As listras horizontais de sua veste, que poderiam refletir a linha do horizonte, se ondulam devido ao braço direito erguido, que configura a pose mencionada. Essas ondas sobrepõem-se ao mar que a circunda, fora de foco, indefinido, ilimitado, infinito, em movimento incessante, como ela mesma se revelaria.

---

27 Os retratos estão reproduzidos em Gênese Andrade, *Pagu/ Oswald/ Segall*, op. cit.

28 A foto está reproduzida e datada em *Pagu: Vida-obra*, op. cit.

Pagu, revestida por pseudônimos, transfigurada em letras, cujas leituras e releituras fazem com que se amplie infinitamente, ressalta nestes textos. Seu corpo sensual e erotizado, maternal e torturado, acarinhado pelos filhos, acariciado pelos amores, mas também rejeitado, agredido pela violência policial, pela doença e pelas tentativas de suicídio, dilacerado em vários sentidos, move-se em muitos papéis. Multiplicando-se em palavras e nomes, sua obra desdobra-se, ganha novos contornos e renasce, como sua pessoa também renasceu tantas vezes.

Desenho de Pagú

A ESTREIA DA ASSINATURA *"PAGÚ"* NA *REVISTA DE ANTROPOFAGIA*, EM MARÇO DE 1929.

NA PRAIA DO GONZAGA, SANTOS,
EM 4 DE JANEIRO DE 1928.

ÁLBUM DE PAGU
[1929]
Assinado como Pagu

CARTA PARA OSWALD DE ANDRADE
[1929]
Assinada como Bebé

Jacaré, meu solteirão,

Estou em casa, desoladíssima, presíssima, com 28 correntes fazendo 28 vezes o quarto pra não engordar. A liberdade que me ofereciam? Uma blague. Não pude nem ficar em casa de Conceição porque lá ficava em liberdade de manhã. O papai não decide nada. Uma hora quer que eu vá para Presidente Prudente. Outra hora quer que eu permaneça na prisão Machado de Assis. Quer o seu casamento comigo, mas diz que só posso ver o jacaré no dia. Ele me disse muita coisa má de você: eu não acreditei só porque você disse para eu não acreditar.

Você é que vai me dizer tudo, não é? Só tenho confiança na Sidéria e na Virgínia.

Você tem bebido?

Não pude falar com você. Espero o papai e ficarei só. Quero somente você ao meu lado para dar o primeiro beijo em Pagurzinha. Você foi tão bom... tão bom... para mim. Eu queria o Briquet.

Passar mais uns dias com todo o carinho de você... Perto da sua menininha adorada. Se eu morrer v. pode ficar com Pagurzinha? Eu queria que você ficasse com ela. Se não for assim eu prefiro que ela não viva. Você verá Pagurzinha pequenina e depois nunca mais, nem ela nem eu...

Eu amo demais. Serei como Alma, uma lembrança. Você não esqueceu da cançãozinha de jacarés?

Eu quero o literato e o Nonê. Quando é que você me manda? O Antenor deu o nome do advogado a papai e contou uma história de casamento forjado. Foi você que mandou?

Que pena o Carnaval tão perto. Eu desesperada e só. Quando é que você liberta a pobre prisioneira.

P.S. Se você quer me mandar notícias suas? Domingo você fique em frente ao Teatro Fenix, às três horas da tarde. Eu mandarei alguém lá. Por enquanto não posso sair. Virgínia leva a carta ao correio. É de toda confiança. Mamãe fala de estrangulamentos, mortes, um horror. Eu tou que nem uma fera na jaula.

Bebé

PARQUE INDUSTRIAL
[1933]
Assinado como Mara Lobo

TEARES

São Paulo é o maior parque industrial da América do Sul: o pessoal da tecelagem soletra no cocoruto imperialista do "camarão" que passa. A italianinha matinal dá uma banana pro bonde. Defende a pátria.

— Mais custa! O maior é o Brás!

Pelas cem ruas do Brás, a longa fila dos filhos naturais da sociedade. Filhos naturais porque se distinguem dos outros que têm tido heranças fartas e comodidade de tudo na vida. A burguesia tem sempre filhos legítimos. Mesmo que as esposas virtuosas sejam adúlteras comuns.

A rua Sampsom se move inteira na direção das fábricas. Parece que vão se deslocar os paralelepípedos gastos.

Os chinelos de cor se arrastam sonolentos ainda e sem pressa na segunda-feira. Com vontade de ficar para trás. Aproveitando o último restinho de liberdade.

As meninas contam os romances da véspera, espremendo os lanches embrulhados em papel pardo e verde.

— Eu só me caso com um trabalhador.

— Sai azar! Pra pobre basta eu. Passar a vida inteira nesta merda!

— Vocês pensam que os ricos namoram a gente a sério? Só pra debochar.

— Eu já falei pro Brálio que se é deboche, eu escacho ele.

— O Pedro está ali!

— Está te esperando? Então deixa eu cair fora!

O grito possante da chaminé envolve o bairro. Os retardatários voam, beirando a parede da fábrica, granulada, longa, coroada de bicos. Resfolegam como cães cansados, para não perder o dia. Uma chinelinha vermelha é largada sem contraforte na sarjeta. Um pé descalço se fere nos cacos de uma garrafa de leite. Uma garota parda vai pulando e chorando alcançar a porta negra.

O último pontapé na bola de meia.

O apito acaba num sopro. As máquinas se movimentam com desespero. A rua está triste e deserta. Cascas de bananas. O resto de fumaça fugindo. Sangue misturado com leite.

■

Na grande penitenciária social os teares se elevam e marcham esgoelando.

Bruna está com sono. Estivera num baile até tarde. Para e aperta com raiva os olhos ardentes. Abre a boca cariada, boceja. Os cabelos toscos estão polvilhados de seda.

— Puxa! Que este domingo não durou... Os ricos podem dormir à vontade.

— Bruna! Você se machuca. Olha as tranças!

É o seu companheiro de perto.

O chefe da oficina se aproxima, vagaroso, carrancudo.

— Eu já falei que não quero prosa aqui!

— Ela podia se machucar...

— Malandros! É por isso que o trabalho não rende! Sua vagabunda!

Bruna desperta. A moça abaixa a cabeça revoltada. É preciso calar a boca!

Assim, em todos os setores proletários, todos os dias, todas as semanas, todos os anos.

Nos salões dos ricos, os poetas lacaios declamam:

— Como é lindo o teu tear!

■

— Vá lá na latrina que a gente conversa.

A moça pede:

— Dá licença de ir lá fora?

— Outra vez?

— Estou de purgante.

As paredes acima do mosaico gravam os desabafos dos operários. Cada canto é um jornal de impropérios contra os patrões, chefes, contramestres e companheiros vendidos. Há nomes feios, desenhos, ensinamentos sociais, datiloscópias.

Nas latrinas sujas as meninas passam o minuto de alegria roubada ao trabalho escravo.

— O chefe disse que agora só pode vir de duas em duas!

— Credo! Você viu quanta porcaria que está escrito?

— É porque aqui antes era latrina dos homens!

— Mas tem um versinho aqui!

— Que coisa feia! Deviam apagar...

— O que quer dizer esta palavra "fascismo"?

— Trouxa! É aquela coisa do Mussolini.

— Não senhora! O Pedro disse que aqui no Brasil também tem fascismo.

— É a coisa do Mussolini sim.

— Na saída a gente pergunta. Chi! Já está acabando o tempo e eu ainda não mijei!

Cavalga a bacia baixando as calças de morim.

Duas outras operárias chegam, batem na porta com força.

— Agora é a nossa veiz!

— Desgraçado! Me deu nó nas carça! Vê si você me desmancha.

■

Saem para o almoço das onze e meia. Desembrulham depressa os embrulhos. Pão com carne e banana. Algumas esfarelam na boca um ovo duro.

Três negrinhas leem no *Braz Jornal* a página dos namorados.

Na grade ajardinada um grupo de homens e mulheres procura uma sombra. Discutem. Há uma menina calorosa. As outras lhe fazem perguntas.

Um rapazinho se espanta. Ninguém nunca lhe dissera que era um explorado.

— Rosinha, você pode me dizer o que a gente deve fazer?

Rosinha Lituana explica o mecanismo da exploração capitalista.

— O dono da fábrica rouba de cada operário o maior pedaço do dia de trabalho. É assim que enriquece às nossas custas!

— Quem foi que te disse isso?

— Você não enxerga? Não vê os automóveis dos que não trabalham e a nossa miséria?

— Você quer que eu arrebente o automóvel dele?

— Se você fizer isso sozinho, irá para a cadeia, e o patrão continuará passeando noutro automóvel. Mas, felizmente, existe um partido, o partido dos trabalhadores, que é quem dirige a luta para fazer a revolução social.

— Os tenentes?

— Não! Os tenentes são fascistas.

— Então o quê?

— O Partido Comunista...

■

Novamente as ruas se tingem de cores proletárias. É a saída da fábrica.

Algumas têm namorados. Outras, não. Procuram. Mães saem apressadas para encontrar em casa os filhos maltratados que nenhum gatuno quer roubar.

A limousine do gerente chispa espalhando o pessoal. Uma menina suja alisa o paralama com a mão chupada.

Rosinha passa um pente desdentado nos cabelos que esvoaçam. Ao seu lado vai um bandinho. Uma garota terna lhe envolve a cintura com braços morenos. É Matilde, filha da Céo, que começou na vida e agora está na ribalta.

— Por que você não entra no sindicato?

Matilde brinca com os cachos.

— Eu vou entrar na Escola Normal. Mamãe não quer que eu trabalhe mais.

Uma menina corada, cheia de animação, relata.

— Se você conhecesse o Miguetti... O que ele mandar fazer, eu faço! Você não acha, Rosinha?

— Vamos ver na reunião, esta noite. Você precisa saber quem é o Miguetti.

AUTOBIOGRAFIA PRECOCE
[1940]
Sem assinatura

Meu Geraldo,

Seria melhor que tudo fosse deglutido e jogado fora.

Pela prisão, tempo-prisão, mundo que começa no nosso portão. Talvez não valesse a pena a gente passear retrospectivamente. Sempre implica marcha a ré. Sou contra a autocrítica. O aproveitamento da experiência se realiza espontaneamente, sem necessidade de dogmatização.

É que hoje tudo está brilhante. Eu te amo e nada mais tem importância. A exaltação desta manhã de luz cobre toda a inquietação persistente. Você é um homem. Eu sou uma mulher que é sua, meu homem.

O meu corpo quer extensão, quer movimento, quer zigue-zagues. Sinto os ossos furarem a palpitação da carne. As folhas estão verdes. As azaleias morrendo. Esse ventinho doloroso.

Talvez eu não devesse começar meu relatório hoje. Com olhos de sol. Que preguiça de pensar. A longa história cansa. Não será ainda uma modalidade de fuga? Uma justificativa contra o conhecimento? Quero rolar na areia e esquecer... Se eu tivesse a certeza de que não me custaria nada falar, eu não falaria. Escrever já é um desvio favorável ao esconderijo. No fundo, eu penso na defesa dos detalhes, porque sei que os detalhes justificarão em parte minha maneira de ser. Ou não. A minúcia será o castigo de minha covardia. Minha humilhação está na minúcia.

Por que dar tanta importância à minha vida? Mas, meu amor: eu a ponho em suas mãos. É só o que tenho intocado e puro. Aí tem você minhas taras, meus preconceitos de julgamento, o contágio e os micróbios. Seria bom se eu tivesse o poder de ver as coisas com simplicidade, mas a minha vocação *grandguignolesca* me fornece apenas a forma trágica de sondagem. É a única que permite o gosto amargo de novo. Sofra comigo.

II

Na nebulosa da infância, a sensitiva já procurava a bondade e a beleza. Mas a bondade e a beleza são conceitos do homem. E a menina não encontrava a bondade e a beleza onde procurava. Talvez porque já caminhasse fora dos conceitos humanos.

Toda a vida eu quis dar. Dar até a anulação. Só da dissolução poderia surgir a verdadeira personalidade. Sem determinação de sacrifício. Essa noção desaparecia na voluptuosidade da dádiva integral. Ser possuída ao máximo. Sempre quis isso. Ninguém alcançou a imensidade de minha oferta. E eu nunca pude atingir o máximo do êxtase--aniquilamento: o silêncio das zonas sensitivas.

Talvez eu tenha a expressão confusa. Há uma intoxicação de vida. Parece que a paralisia começa desta vez. É difícil a procura de termos para expor o resultado da sondagem. É muito difícil levar as palavras usadas lá dentro de mim. Geraldo, compreenda, por favor.

O estado provisório da não satisfação completa já me legava outra volúpia — a da procura. Assim, tenho andado farejando toda espécie de ideal.

O primeiro fato distintamente consciente da minha vida foi a entrega do meu corpo. Eu tinha doze anos incompletos. Sabia que realizava qualquer coisa importante contra todos os princípios, contrariando a ética conhecida e estabelecida. Com certeza, havia uma necessidade, mas não era nenhuma das chamadas necessidades, ou melhor, a necessidade nada tinha a ver com a entrega fisiológica do corpo. Antes desse fato, só lembro da inquietação anterior. Não havia falta de compreensão do ambiente. Isso, só depois comecei a sentir. Toda a minha vida. Naquele tempo eu é que não compreendia o ambiente. Eu me lembro que me considerava muito boa e todos me achavam ruim. As mães das outras crianças não queriam que eu brincasse com suas filhas e um dia até fui expulsa da casa do Álvaro George, da livraria, porque não queriam que eu tivesse contato com as suas crianças. Só consentiam ali minhas irmãs. Eu nunca consegui perceber minha perversidade. Tinham me feito assim e jogado em paredes estranhas. Andava então sozinha.

Não tive precocidade sexual. Praticamente, só fui sexualmente desperta depois do nascimento de Rudá. E não foi por precocidade mental que entreguei meu corpo aos doze anos incompletos. Se existia revolta contra as coisas estabelecidas, eu nem pensava nisso. E, no entanto, sabia que agia contra todas as normas e duplamente, pois não era livre o homem que me possuiu. Tinha plena consciência de todas as consequências que eu poderia ser obrigada a enfrentar. E não havia amor na entrega. Tudo se passou sem o menor preparo. A predestinação dos impulsos. Ou a obediência à minha vontade determinante. Vontade que aparecia assim à toa.

Nesse dia, eu devia encontrar meu parente Ismael Guilherme, para uma volta de avião. Deixei a aula, indo procurar, na *Gazeta*, Olímpio Guilherme, que ia me levar ao campo. Quando chegamos, assistimos ao desastre. A poucos metros da morte, fui possuída. Não houve a menor violência de Olímpio, nessa posse provocada por mim.

Eu lhe falei, Geraldo, precisamente sobre isso, hoje. É difícil dizer o porquê das coisas. Muito mais difícil saber o porquê das coisas.

O amor surgiu depois. E avolumou-se na entrega total. Lembro minha submissão absoluta. Não ao homem. Ao amor. Obedecia à clandestinidade por comodidade. O sofrimento de mamãe me incomodava. Sempre procurei evitá-lo, quando isso não impunha uma quebra de resolução. Depois, Olímpio não me amava. Tinha uma situação complicada, que não queria desmanchar socialmente. Eu era uma criança. E só queria amar.

Esse meu primeiro jogo de sentimentos. (É incrível, meu Geraldo, mas quando resolvi lhe contar a memória de minha vida, pensei numa narrativa trágica — sempre achei trágica minha vida. Absurdamente trágica. Hoje parece apenas que lhe conto que fui à quitanda comprar laranjas.)

No meu caso com Olímpio, eu me lembro que houve desconfiança da minha família, por causa de uma carta. Mas, como o subscrito estava dissimulado com o nome de Baby e a assinatura resumida em Guilherme, eu atribuí a carta a Guilherme de Almeida... Houve complicação e papai foi procurar o Guilherme, que, sendo avisado a tempo, confirmou a história. O auxílio dele não impediu que eu fosse espancada e a primeira brecha na cabeça vem daí. Sinto que quero fazer ironia barata. Piadas. Daquelas suas piadas. Não. Tudo é tão cretino.

Minha primeira paixão. Minhas primeiras lágrimas. As primeiras humilhações. Porque com o amor veio o gosto amargo da repulsa pelo sexual. A aversão pela cópula. Mas havia a satisfação da dádiva. Aos catorze anos, estava grávida. E quis agir. Quis sair de casa. Resolvi falar sobre isso com Olímpio. E pedir-lhe que me levasse a um médico que confirmasse a maternidade. Mas não lhe disse nada, porque nesse mesmo dia tudo terminou. Ele me comunicou que partiria naquela semana para os Estados Unidos. O meu orgulho. Lembra? Quanto eu quis chorar, quanto eu sorri.

O que segue foi escrito há meses, na Detenção.

Ia partir. Ele quis falar. Alguma explicação piedosa, mas ela evitou a humilhação. Foi num dia cinzento entre os cedros do Jabaquara. Ficou-lhe a sensação do forte calor nos pés. Um vento gelado e um cachecol escocês voando. "Não diga nada. Vamos voltar para a cidade." Parece que foram essas as palavras.

... Muita gente saindo do cinema. Um cubo grande de vidro cheio de pastéis.

Vontade de ir andando até cair e morrer. Tomei um bonde para Pinheiros. Depois, fui parar no Jardim América. Era o mato. E eu caí, chorei. Mas não morri. Um automóvel passou. Era o Cirilo Júnior. Ele me carregou para a casa da Lolita, que era a pequena dele. Sei que me embriaguei. Que falei muito. Que me levaram ao Luciano Gualberto.

∎

O ladrilho pegajoso nos lábios. O que fazer de tanto sangue? Todo o corpo se deformando. Se desfazendo na angústia. O sangue ostensivo entre os dedos, cabelos, olhos, os coágulos monstruosos entupindo tudo. É preciso não deixar esse sangue. É preciso beber esse sangue. Como não morri no auge da alucinação? Sentir nos dentes a consequência de tudo. Como livrar a vida dessa noite?

∎

Tive que deixar a escola. Quase um ano sem poder escrever, sem poder segurar qualquer coisa. Noites e dias presa naquela cama odiosa, sem poder quase falar. Só o pensamento torturante. Os braços, as pernas feridas na parede. Mamãe, as noites comigo. Nenhuma solidão. Só a palavra amiga de Guilherme de Almeida, que de tudo sabia.

Depois andei pela vida de novo. Sem vida. Apareceu Euclides. E a perseguição de Cirilo. Com Euclides, eu poderia ter isolamento, solidão, liberdade. Aceitei a proposta, apesar de ela encantar o papai. Ele se casaria comigo. Ele tentava me compreender. Era a minha amizade e o meu refúgio. Num dia em que procurávamos violetas pela cidade, tomamos muita chuva. Ainda gracejamos com a morte. Eu prometi violetas para o cadáver de Euclides. Em consequência da pneumonia dessa tarde, Euclides morreu. Eu me lembro que papai foi me buscar na escola. O corpo de Euclides tinha chegado de Poços e estava torcido no caixão.

Continuava. Nada mais esperava da vida, a não ser, pacientemente, a evasão do ambiente em que vivia. Depois decidiria o resto. Em primeiro lugar, afastar-me. Um lugar onde pudesse respirar, longe de simulações, onde pudesse ser triste e livremente desgraçada. Para passar a maior parte do tempo fora de casa, estudava em três cursos. Faltava pouco para minha formatura e esperava essa oportunidade para, sem choques violentos, procurar o meu caminho. Conversava com Fernandinho Mendes e Olinto Guastini. Únicos colegas suportáveis. Era mais ou menos popular entre as colegas mulheres. A minha insubordinação nas aulas me garantia essa roda de simpatia, mas não achava nenhuma digna de minha preferência, a não ser a Vera, que hoje é casada com o José Olympio. Mas nunca houve grande intimidade entre nós.

Em 1929, conheci Bopp. Era qualquer coisa de novo. Ele e Fernando foram os primeiros que me ouviram com complacência na exteriorização de minha revolta contra a maneira de agir e de ser do resto do mundo conhecido. Bopp me acompanhava diariamente, quando deixava o conservatório. Ele e Fernando me prometeram amizade e compreensão. Eu recebera o diploma da escola. Ia tentar uma vida nova.

Em casa, conhecíamos toda espécie de necessidade e privações. Mas não conhecemos a miséria, mesmo porque a mentalidade pequeno-burguesa de minha família não permitiria que ela fosse reconhecida.

Morei no Brás até os dezesseis anos. Numa habitação operária, com os fundos para a Tecelagem Ítalo-Brasileira, num ambiente exclusivamente proletário. Sei que vivíamos economicamente em condições piores que as famílias vizinhas, mas nunca deixamos de ser os fidalgos da vila operária. A questão social, durante esse tempo, nunca foi examinada com algum interesse. Presenciava manifestações e greves e, se nesses momentos tomava partido, era um parti pris sentimental e, se exaltadamente acompanhava os movimentos, era por pura satisfação de meus sentimentos, à margem de qualquer compreensão ou raciocínio. Aliás, meu egocentrismo era absorvente demais para que eu me impressionasse demasiado com os mais infelizes. Era, naturalmente, contra os patrões, como se não pudesse ser de outra forma, mas nunca pesquisei o motivo nem as causas ou razões da luta de classes.

Um dia, fui recebida com uma tempestade de chinelos, por ter esquecido o tempo numa manifestação de trabalhadores, mas nunca supus que me ofertasse, um dia, inteiramente à causa proletária. A fé e a ilusão chegaram muito mais tarde.

As minhas relações de família sempre foram irregulares e contraditórias. Da mais extrema abnegação sentimental à mais inexplicável indiferença. Da exaltação que dói ao desinteresse absoluto. E tudo quase que ao mesmo tempo. Eram extremamente profundas e superficiais. Durante todo o tempo em que convivi com os meus, fui tratada por meus pais e meus irmãos mais velhos como é tratada a maioria das crianças. Eu não tive infância. Uma vez, você mesmo, Geraldo, falou da minha infância tranquila. Eu sempre fui, sim, uma mulher-criança. Mas mulher. E, ao contrário das outras, não me revoltava o trato infantil. Dissimulava minhas ideias formadas. Eu procurava parecer criança. Que complacência irônica quando comentavam minhas travessuras de criança! Era uma moleca impossível. Eu sabia que enganava todo mundo. Não havia nem conflitos nem luta pró-independência. Eu me sentia à margem das outras vidas e esperava pacientemente minha oportunidade de evasão.

Talvez eu tudo fosse capaz de fazer em benefício de meus pais e meus irmãos. Mas eram estranhos... Estranhos.

Só mamãe e Syd davam-me impressões e sensações mais definidas, se bem que mais difíceis. Mamãe me impressionava pela força diante do sofrimento. Eu vi mamãe viver e sofrer muito. Não é necessário dizer nada mais sobre isso. Bastou para que sempre me sentisse sentimentalmente acorrentada. A mamãe, para mim, é a vida de mamãe.

Syd se prendeu a mim. Syd é um marco doloroso. É atroz a gente sentir que fabrica qualquer coisa contra a vontade. Syd me apareceu um dia. Era domingo. Eu estava à janela. Ela descia a rua, vindo da matinê com amiguinhos. O vestido branco muito curto. Aquele que deixava ver a calcinha. Os cabelos quase loiros. Tive pavor quando pensei que ela devia crescer. Chorei tanto nesse dia, inexplicavelmente, pois tenho apenas dois anos mais que ela. Ela era uma criança que não devia sofrer. Eu, uma mulher complicada.

Mas Syd cresceu. Ambicionando meus gestos, meus atos. Se plasmando em mim. Se constituindo em mim. Acreditava na minha coragem, na minha força, na minha vontade, em meu raciocínio. A minha iniciativa era a dela, e ela me seguia procurando a personalidade aparente. Dor de punhais que se introduzem para conhecer o avesso. É difícil explicar essa espécie de prisão dolorosa. Saber que a vida, a maneira de ser, pretende ser repetida. Eu adorava Syd. Eu era infeliz e vacilante. Mas queria ser infeliz sozinha. A responsabilidade que eu sentia era um tormento diário. Eu queria estar sozinha. Ser sozinha. Mas a perseguição de dependência era brutal, eu ansiando e preparando uma fuga: só a separação libertou-me em parte da identidade. Eu não sei se você compreende, Geraldo, o terrível dessas sensações. Lembra-se de um conto do Poe a que eu me referi um dia? Impressionou-me, porque eram ali tratados, com toda a intensidade, os tormentos que eu mesma tenho sofrido. O nosso reflexo objetivo. A tortura de se presenciar minuciosamente a repetição do eu. Era tão atroz, Geraldo, perceber o riso repetido, as lágrimas repetidas, os sentimentos, os interesses. Eu passei a me ocultar, a sorrir todo o tempo, a esconder meu ódio e meus sentimentos. Para que não fossem repartidos. Horrível, porque não havia realidade nem consciência. Não havia simples consciência de ideias, de gostos, de sensações. Era uma prisão mortal, que estava me levando à obsessão, à ideia fixa. Durante muito tempo, a minha vida foi só simular para me libertar, por desespero de perceber que a simulação era acompanhada.

Quando, às vezes, eu procurava uma evasão e me fechava, então surgia a hostilidade. Syd invejava a felicidade inexistente. E eu sentia seu ódio contra meu egoísmo. Ela sofria. E eu voltava para sofrer novamente.

Não sei se você sabe como conheci Oswald. Ele leu coisas minhas, mostradas por Fernandinho Mendes. Teve curiosidade e quis me conhecer. Foi quase ao mesmo tempo que conheci você. Na época do Movimento Antropofágico.

Oswald: uma liberdade maior de movimentos e mais nada. Ele não me interessou mais que outros intelectuais conhecidos naquela época. Particularmente, eu me sentia mais atraída por Bopp, que possuía mais simplicidade, menos exibicionismo e, principalmente, mais sensibilidade.

Um dia, Bopp quis beijar-me. Percebi então que havia o sexo e repeli. Lembrei-me de uma frase que Cirilo me dissera num dia longínquo: "Quando você passa na rua, todos os homens te desejam. Você nunca despertará um sentimento puro". Bopp não insistiu. Quando sofreu o desastre de automóvel, fui visitá-lo. Falou em vida comum, muito carinho, muita amizade. Havia Mary perto. Sua companheira no momento. Não gostei de vê-lo utilizar pretextos para afastá-la. Não acreditei. Aliás, não havia nenhum sentimento profundo em mim para que eu eliminasse escrúpulos. Talvez minha falta de escrúpulos aceitasse a solução Bopp, se não houvesse outra já encaminhada, de um modo mais adequado às minhas decisões futuras. Encerrei aí meu caso com Bopp e nunca mais falamos em tal.

O meu casamento com Waldemar foi a forma planejada para que eu, de menor idade, pudesse sair de casa sem complicações. Conversando um dia com Oswald e Tarsila, falei-lhes sobre essa necessidade e eles prometeram auxiliar-me. Foi quando apareceu a sugestão Waldemar. Oswald informou-me que ele se prestaria a qualquer combinação, se conseguisse com o Júlio Prestes um prêmio ou custeio de viagem. Garantiu-me também que o Júlio se interessava por mim e que faria o que lhe pedissem. Fui falar com o Júlio. Não sei como me prestei àquilo. Hoje, tudo me parece inacreditável. Mas, naquela época, não havia o menor escrúpulo. Eu me lembro que só me perturbou a presença de Oswaldo Costa. Júlio Prestes assinou os documentos necessários, que eu levei a Waldemar com a minha proposta. Estabeleceu-se que o nosso casamento se realizaria dali a um mês. Devíamos nos separar imediatamente após o ato. Eu seguiria para o Norte e Waldemar para a Europa, depois de prepararmos a anulação. Tudo foi realizado assim. Logo que a anulação se fez, oito dias depois do meu casamento, segui para a Bahia, onde Anísio Teixeira me esperava para conseguir-me emprego. Um mês depois, quando tudo estava organizado para que eu permanecesse na Bahia, recebo um telegrama de Oswald, chamando-me com urgência, para evitar complicações na sentença de anulação do casamento. Havia também passagem comprada para o meu regresso. Eu não percebi que havia interesse maior na minha volta. E voltei.

Oswald esperava-me no Rio. Tudo tinha sido pretexto para que eu voltasse para ele. Havia deixado Tarsila. Queria viver comigo. É difícil procurar a razão das coisas, quando há vacilação. Tanta vacilação em viver. Opus resistência à união com Oswald, mas pouca. Cheguei a deixá-lo no hotel, saindo sem recursos e sem destino pelas ruas. Para que ele não me retivesse, fiz o jogo ridículo de deixá-lo fechado à chave, sem que ele percebesse. Andei até a madrugada para voltar ao hotel, aonde cheguei como um trapo.

Depois de possuir-me, Oswald me trouxe para São Paulo. Fui viver com a mãe de Lurdes, no caminho de Santo Amaro. Não era a primeira vez que Oswald tinha meu corpo. Essa entrega tinha sido feita muito antes, num dia imbecil, muito sem importância, sem o menor prazer ou emoção. Eu não amava Oswald. Só afinidades destrutivas nos ligavam. Havia, sim, um preconceito oposto aos estabelecidos. E, para não dar importância ao ato sexual, entreguei-me com indiferença, talvez um pouco amarga. Sem o compromisso da menor ligação posterior.

Quando segui para a Bahia, já estava grávida sem o saber. E, quando fui viver com Oswald, já existiam a mãe e a gratidão. Antes disso, ainda houve resistência.

Um dia, deixei a casa onde vivia. Oswaldo Costa convenceu-me a voltar. Logo depois, verifiquei o meu estado e a resistência foi vencida. Uma finalidade. Um velho sonho que tomava corpo. Uma razão para a vida. Senti que a paisagem já sorria. Como eram lindas as ameixeiras do quintal! Eu saía todas as manhãs com Lurdes. Corríamos pelos campos. Eu quis um cachorro enorme. À noite, Oswald chegava. E era muito bom conversar com ele até tarde. Comecei a ler. Nunca tinha podido ler, e esse prazer novo era ainda um outro motivo de vida. E a criancinha que ia nascer.

Um dia, eu matei a criancinha. Eu nada sabia dos cuidados que meu estado exigia. Eu ansiava por movimento e naquela tarde me atirei no rio Pinheiros. A correnteza era muito forte. Eu não conseguia alcançar mais a margem. Uma hora de luta com as águas. A Lurdes pediu socorro. Os homens da balsa não quiseram prestar auxílio, porque o rio ali era perigoso. Quando consegui sair do rio, já noite, todo o mal estava feito. Ainda a caminhada até em casa, as dores, a roupa molhada. Fui para a maternidade. Todos os brinquedos que já havia comprado. O cadaverzinho. As crianças nascendo normalmente a meu lado. Aquela linda que a enfermeira me trouxe. Penso que odiei todas as crianças do mundo. Queria que aquela linda morresse. Queria ir ao cemitério. Só pude ir dez dias depois, na saída do hospital. Eu não podia andar ainda. Túmulo 17-Rua 17. Os brinquedos. Dei a boneca para a parteira Leonina. Depois, o desespero. Até voltar à casa dos meus pais. Mas não suportava nada. As alfinetadas do Conselho de Família. Fui passar uns dias com minha irmã. Oswald ia ver-me ali. Resolvemos mais uma comédia. Nosso casamento na igreja. Eu estava novamente grávida.

Oswald já era quase um hábito. Nas semanas que precederam nosso casamento, ele foi quase uma necessidade. Mesmo dentro da palhaçada dos proclamas, eu distinguia o carinho na preparação de nossa vida. Acreditei numa aproximação mais intensa, num laço mais profundo de sentimento. Era mais nítida a possibilidade de realização do meu desejo de lar e de ternura.

Na véspera de nosso casamento, fui à Penha, encontrar Oswald no Terminus. Era muito cedo. Ia deslumbrada pela manhã e emocionada por meus sentimentos novos. Era quase amor. Era, em todo caso, confiança na vida e nos dias futuros. Havia em mim uma criança se formando... Beijei o ar claro. Foi uma oração a que proferi pelas ruas.

Cheguei ao quarto de Oswald. Não havia ninguém. Um criado do hotel me indicou outro quarto. Bati. Oswald estava com uma mulher. Mandou-me entrar. Apresentou-me a ela como sua noiva. Falou de nosso casamento no dia imediato. Uma noiva moderna e liberal capaz de compreender e aceitar a liberdade sexual. Eu aceitei, mas não compreendi. Compreendia a poligamia como consequência da família criada em bases de moral reacionária e de preconceitos sociais. Mas não interferindo numa união livre, a par com uma exaltação espontânea que eu pretendia absorvente.

Mas fingi compreender. A intoxicação amoral já impedia minha naturalidade. O medo do ciúme exposto. A falta de coragem da debilidade provocou a primeira atitude falsa, um sorriso complacente para as primeiras decepções. Tomamos café juntos, os três. A mulher, surpreendida no início, acalmou-se. E coloquei no alicerce da vida que íamos constituir a primeira estaca de simulação. Eu me dispus a lutar contra os preconceitos de posse exclusiva.

Iniciamos a nossa vida. Havia a criança que ia nascer. Isso era suficiente. Eu me prendia pouco a pouco ao meu companheiro. Sabia que Oswald não me amava. Ele tinha por mim o entusiasmo que se tem pela vivacidade ou por uma canalhice bem-feita. Ele admirava minha coragem destrutiva, a minha personalidade aparente. Procurava em mim o que outras mulheres não possuíam. Por isso mesmo, sempre procurou alimentar minhas tendências que podiam provocar reações estranhas, aproveitando minhas necessidades combativas com deturpações de movimento. Oswald não tinha nenhum pudor no gozo de detentor de objetos raros.

Eu desejava o amor, mas aceitava tudo. Muitas vezes minhas mãos se enchiam na oferta de ternura. Mas havia as paredes da incompreensão atemorizante. Nunca pude sequer me oferecer totalmente. Resolvi, então, que ao menos uma grande amizade fosse conseguida e uma forte solidariedade constituísse a base sólida de nossa vida comum. Quanto lutei por isso.

Essa resolução foi decidida num dia de grande desequilíbrio sentimental. Eu estava às vésperas de ter o bebê.

Eu me sentia imensamente boa naquela tarde. O dia tinha sido lindo, comprando roupinhas. Chegamos em casa. Cheia de emoção, estive ao lado de Oswald, esperando que ele terminasse um artigo para eu passar à máquina. Justamente quando estava terminando de datilografar, Oswald me falou que tinha marcado um encontro com Lelia. "É uma aventura que me interessa. Quero ver se a garota é virgem. Apenas curiosidade sexual."

Ocultei o choque tremendo que essas palavras produziram. Tínhamos decidido pela liberdade absoluta pautando nossa vida. Era preciso que eu soubesse respeitar essa liberdade. Sentia o meu carinho atacado violentamente, mas havia a imensa gratidão pela brutalidade da franqueza. Ainda hoje o meu agradecimento vai para o homem que nunca me ofendeu com a piedade.

Contou-me como a um companheiro o início da aventura. A facilidade encontrada e a certeza de uma conclusão, de acordo com seus desejos, que eram apenas desejos. Deixei-o falar, procurando sorrir. Sem nada perguntar. Consegui, eu me lembro, gracejar, não propriamente por simulação, mas para me impor a aceitação fria do fato.

Oswald saiu. Terminei de passar à máquina o artigo. A minha emoção era violenta. Só, não consegui evitar as lágrimas, a agitação. Senti o colo alagado. O leite. O leite escorrendo sozinho do seio. Havia a criança a proteger. Procurei inutilmente fugir da inquietação.

Depois vieram outros casos. Oswald continuava relatando sempre. Muitas vezes fui obrigada a auxiliá-lo, para evitar complicações até com a polícia de costumes. O meu sofrimento mantinha a parte principal da nossa aliança. Oswald não era essencialmente sexual, mas, perseguido pelo esnobismo casanovista, necessitava encher quantitativamente o cadastro de conquistas. Eu aceitava, sem uma única queixa, a situação.

E meu filho nasceu. E Oswald não me amava.

1º DE NOVEMBRO DE 1940

Você hoje, ao sair, recomendou-me escrever como distração e lembrei-me desse meu relatório parado. Depois da terrível noite de ontem, talvez consiga escrever qualquer coisa. Quase necessito da atmosfera presente para romper com o nosso sonho, que tudo oculta, e para voltar ao passado.

Há muitos dias não escrevo. Quando a luz brilha, só há luz e nada mais existe. E quando a angústia volta, ela é a vacilação constante. Tenho hesitado. Para que escrever? Para que tudo isso? Penso em desistir. Talvez não termine nunca. Essa pergunta-resposta para todas as perguntas e todas as respostas: "Para quê? Para quê?".

Aliás, eu nem sempre poderia escrever. Tudo, sem esse intervalo, sairia certamente mais confuso e incompreensível. É tão difícil retroceder quando isso significa uma passagem violenta de um estado para o outro. Passar de novo pelo mesmo caminho de trevas percorrido...

Pensei em estabelecer uma ordem cronológica para facilitar a expressão. Ainda assim é difícil. Nem sempre posso localizar o fato dentro do tempo.

A ESMERALDA AZUL DO GATO DO TIBET
[1944]
Assinado como King Shelter

Orange é uma pequena cidade do Midi da França, célebre pelas suas ruínas do tempo do Império Romano. Para ali, nos dias em que ocorreram os sensacionais fatos que vamos relatar, como todos os anos, haviam se transferido numerosos artistas da Comédia Francesa, para as grandes representações do teatro ao ar livre, conforme as reconstituições do teatro grego de Orange, centro de turismo que nessa ocasião do ano recebia mais gente do que nunca. Os apreciadores do teatro, as pessoas da alta sociedade de Paris e de Londres, milionários americanos, intelectuais, jornalistas, todos para ali acorriam, a fim de assistir àquelas célebres representações.

Nos arredores da cidade, a mil metros do perímetro urbano, erguia-se, em meio de uma pequena quinta, um castelo, que era antigamente casa de campo de um príncipe italiano — o Château Bolsena. Este castelo, construído expressamente para as temporadas de férias do príncipe, fora adquirido por uma jovem de vinte e cinco anos, inglesa de nascimento que herdara a fortuna dos Gerreson.

A srta. Mary Gerreson escolhera o Château Bolsena para sua residência, desde que educada no país, e amando o clima do Midi, resolvera deixar a Inglaterra. Possivelmente havia contribuído para essa resolução a presença em Orange de um primo da srta. Gerreson, de um ramo menos abastado da família, o excêntrico poeta Fred Garnit, um dos inspiradores da reforma do verso inglês, de que tanto se falara quando ele estivera na Universidade de Oxford.

Fred Garnit vivia só, numa pequena casa de sua propriedade, e tinha apenas um criado. Não pôde ocultar a grata alegria quando soube que a sua prima ordenara a reforma do castelo dizendo-se resolvida a fixar ali sua residência. Mary Gerreson, depois de percorrer o mundo em vários sentidos, nos dois últimos anos acostumara-se a viver também só, e apenas o velho mordomo de seu pai e uma governanta a acompanhavam agora. As quatro criadas e o chofer do pequeno castelo eram todos de Orange.

Os turistas que se distribuíam pelos diversos hotéis de Orange naquela época do ano para a temporada dos famosos espetáculos anuais tiveram também a atenção voltada para o castelo Bolsena, onde a bela castelã de cabelos de fogo deveria certamente apresentar-se em público com uma estranha joia chegada da Índia.

Realmente, um Gerreson, o tio das plantações da Índia, ao morrer, deixou a Mary a célebre "esmeralda azul", joia sagrada dos templos do Tibet de que um ascendente conseguira se apropriar ao tempo da conquista da Índia e que a família transmitia, a juízo do testador, para este ou aquele herdeiro, como legado de caráter especial... Muitas histórias corriam em torno da preciosa joia, à qual se atribuía às vezes a fortuna e a riqueza dos Gerreson, quando não se lhe atribuía maléfica influência que acarretara desgraças para o seu portador...

Foi esta joia que chegou naqueles dias da Índia, para o que viera do longínquo país dos marajás um portador a quem o tio de Mary, de viva voz, recomendara expressamente que cuidasse da entrega à herdeira escolhida.

Embora para Mary constituísse um acontecimento ter sido escolhida para ficar com a "esmeralda azul", a joia só começou a lhe despertar maior interesse quando certos estranhos fatos começaram a cercar a presença da preciosa pedra no castelo de Orange...

O portador da "esmeralda azul", um inglês de Bombaim, Lewis Hornett, cavalheiro muito bem trajado, discreto e de fisionomia enérgica, com o seu cachimbo sempre à mão, fizera-se anunciar antecipadamente, notificando a herdeira da sua breve chegada. Mary pediu ao primo Fred Garnit que o fosse esperar à estação, e este aceitou satisfeito a incumbência e, acompanhado do mordomo do castelo, foi receber o sr. Hornett no dia da chegada, o que coincidia com a temporada teatral de Orange. O trem de Marselha deixara muita gente na estação, e foi com certa dificuldade que os dois homens encontraram o portador da "esmeralda azul". Só o acharam quando, diminuído o movimento, Fred reconheceu naquele homem de estatura regular, cachimbo e chapéu preto um tipo inglês reconhecível a milhas de distância. Era de fato o sr. Hornett. Trazia uma valise dentro da qual devia estar, pensaram Fred e o mordomo, a célebre

55

esmeralda. Fred providenciou a remessa de toda a bagagem do inglês para o castelo e convidou o recém-chegado a tomar lugar no carro.

Um correspondente do *Paris-Soir*, com o fotógrafo, encontrava-se desde aquela manhã junto do portão do castelo Bolsena; devia isto a uma informação da reportagem de Marselha, onde Hornett conseguira escapar à curiosidade jornalística, que conseguira saber, na alfândega, da chegada de uma joia preciosa.

Hornett aparentemente viajava só. Entretanto, era possível que alguém se encarregasse de cumprir os seus desejos porquanto o jornalista perdeu o portador da joia, e para conseguir alguma coisa telegrafara para Orange, onde se achavam dois repórteres, dos mais destacados, do grande vespertino parisiense.

O automóvel do castelo Bolsena defrontou-se logo com aqueles dois curiosos ao portão. O mordomo desceu para abrir e logo fora interpelado... Já Fred Garnit convidava os jornalistas para entrar e, talvez, assistir à entrega da preciosa joia.

Mary acedeu em receber os jornalistas. Os desejos de Fred eram ordens para ela. Hornett encontrava-se no andar superior, pois ao chegar pedira imediatamente um banho.

Enquanto esperavam que o inglês descesse, Fred mostrava aos repórteres a sala de armas do castelo, que possuía alguns exemplares muito interessantes da Idade Média.

Hornett desceu momentos depois, já barbeado e com o inseparável cachimbo pendendo na boca. Cumprimentou os jornalistas com a cabeça, pois não pescava uma palavra de francês. Fred o auxiliava quando chamaram o sr. Hornett à porta. O mordomo dizia que uma pessoa que chegara ao portão insistira para lhe ser anunciada. O sr. Hornett recomendou que fizessem entrar imediatamente a referida pessoa.

Nisso, chegava à porta da sala a jovem srta. Mary. Sabendo da presença dos jornalistas, via que podia ser dado um cunho de solenidade à recepção da joia, e estava contente com isso. Trajara-se com elegância, mas com simplicidade. E como pensava ser um colar o que trazia a "esmeralda", deixou livre o pescoço para usar a joia no momento de ser fotografada. Cumprimentada pelos quatro homens que ali se achavam, recebeu com um belo sorriso a homenagem do sr. Hornett, que lhe foi imediatamente apresentado por Fred.

Nesse momento, mais silenciosamente do que se poderia supor num personagem de sua importância, entrou na sala Czar, exemplar único de gato persa de uma bela cor bege clara, grande e solene como um tigre. Czar sentou-se em meio da admiração dos repórteres e do sr. Hornett, no centro da sala, no meio do grande tapete.

Seguindo a entrada de Czar, a porta abriu-se e o mordomo anunciou o sr. Oswaldo Galara... Era a pessoa que procurava o sr. Hornett.

O inglês se dirigiu imediatamente a ele, com a maior deferência:

— Então, sr. Galara? Boa viagem?

Oswaldo Galara sorriu quase imperceptivelmente. Era um homem esguio e fino, de aparência tímida mas de olhar direto e confiante. Havia no conjunto de sua fisionomia qualquer coisa de desnorteante que impressionou profundamente a srta. Mary. Era a presença desse olhar, partindo de pupilas muito verdes incrustadas no rosto bronzeado, sombrio. Todos o examinavam, pois pela consideração com que o sr. Hornett o tratara, compreenderam que havia algo de importante nessa nova personagem.

De fato, dirigindo-se à srta. Mary, o inglês de Bombaim declarou:

— Apresento-lhe, srta. Gerreson, o portador da "esmeralda azul"...

Oswaldo Galara estendeu a mão para tomar a de Mary que se ofertava e perguntou:

— Deseja receber já a sua herança?

O fotógrafo do *Paris-Soir* armara a sua máquina. O grupo estava no ângulo que ele escolhera. Galara tirou do bolso do enorme paletó que vestia um embrulho de papel amarelo. Abriu-o, afastando o cordel que o amarrava, e em seguida, com uma pequenina chave, abriu um cofrezinho de bronze. Aos olhos de todos, então, surgiu a "esmeralda azul", no meio de um simples cordão de ouro. A "esmeralda azul" tinha o tamanho de um ovo de pomba, e a sua irradiação era luminosa... Lembrava um pedaço de mar em movimento à luz do sol.

O fotógrafo queimara a lâmpada no momento exato em que Galara fazia a entrega da joia à srta. Mary. Nesse momento, o gato Czar deu um salto no ar, um grito perdido de todas as suas consoantes. Houve um instante de susto... Teria enlouquecido o gato? A srta. Mary colocou novamente a joia no cofre e o gato, embora agitado e nervoso, parecia ir se acalmando.

— Foi decerto a luz da fotografia que o espantou — alvitrou Fred.

— Talvez — assentiu a srta. Mary — mas peço-lhes que desculpem. Nunca vi semelhante coisa. Czar não dá um salto desses à toa. Ele nunca salta. É solene demais...

E como o objeto daquilo tudo era a recepção da joia, ela mostrou aos presentes a preciosa esmeralda.

Desta vez Czar, como ferido por um agulhão, saltou em direção da porta e fugiu gemendo... Embora todos estranhassem o fato, logo se acalmaram com a partida do mordomo em demanda do gato para ver o que ele tinha. Fred estava pálido, a esmeralda resplandecia no peito da srta. Mary, o moço fechava o colar. O fotógrafo novamente bateu a chapa...

Estava terminada a cerimônia. O mordomo voltava. A srta. Mary interrogou-o mais com os olhos do que com as palavras:

— Que aconteceu a Czar, Dodd?

— Nada, srta. Mary... Deve ter se assustado mesmo com a luz... Está deitado na antessala da biblioteca. E estranho porque parece cansado e está quase adormecido.

— Dood, coloque uma criada para acompanhá-lo, e se for preciso chame o veterinário. Haverá algum em Orange?

— Tem sim, senhorita — informou Fred.

— Agora, Dodd, sirva-nos uísque e providencie o almoço. Temos visitantes franceses.

O mordomo saiu e a srta. Mary, voltando-se para Galara, perguntou-lhe:

— Como nos explica que tenha sido o portador da joia, quando o sr. Hornett é quem devia trazê-la?

— Acontece — explicou Galara — que mesmo com vigilância, o sr. Hornett não teria chegado aqui com a joia. Eu o acompanhei e em caminho ele foi raptado a bordo, sequestrado enquanto procuravam a esmeralda azul em sua cabine. Isto porque deixei o sr. Hornett alguns minutos...

— Então foi o senhor que trouxe efetivamente a joia?

— É claro, srta. Mary — disse o sr. Hornett. — Sabendo da importância da missão que me havia confiado, eu não quis me arriscar a trazer a esmeralda sozinho. O sr. Galara foi-me recomendado pelo Intelligence Service em Calcutá. Entreguei-lhe a joia e pus-me a caminho, pedindo-lhe que garantisse a minha velha carcaça. Aqui, depois de ter sido cloroformizado na passagem do canal de Suez... Mas, enfim, a joia está em seu poder.

Os jornalistas, logo que tomaram suas doses de uísque, dispuseram-se a partir. Escusaram-se quando foram convidados a almoçar. Estavam ardendo para enviar a Paris a reportagem que haviam conseguido...

— Que título vão dar à reportagem? — indagou feminilmente curiosa a srta. Mary.

— Será: "A Esmeralda Azul, uma pedra preciosa que enlouquece gatos" — respondeu um dos repórteres.

Milhares de pessoas deixavam o anfiteatro de Orange, tendo assistido ao espetáculo de gala, o primeiro da temporada. Automóveis e carros apinhavam, buzinando, todas as cercanias das ruínas do teatro, passando vagarosamente numa fila interminável pelo grande arco de Augusto, uma das maravilhas históricas da cidade. Muita gente, no entanto, ainda permanecia admirando os granitos trabalhados, dispostos ali por muito tempo. Grupos mascarados ainda representavam aqui e ali, num arremedo do grande teatro, para arranjar alguns níqueis; trupes ciganas, mágicos, vendedores ambulantes, dançarinas, lutadores ofereciam suas mercadorias, procurando tirar o maior proveito possível da afluência humana.

Em meio de todo esse mundo, uma linda moça ruiva tomava assento em seu rutilante automóvel, ao lado de uma outra jovem não menos bonita. A primeira os leitores já conhecem como proprietária do pequeno mas imponente castelo Bolsena, a srta. Mary Gerreson. A outra, uma antiga condiscípula, a loira, Nora Gray, que Mary encontrara casualmente assistindo à representação. Ela viera a Orange apenas para os espetáculos, pois estava de passagem pela França.

— Nada mais do que três dias e atravessarei a Mancha — dizia Nora Gray à sua amiga.

— Está bem. Isto veremos depois, mas por enquanto você ficará comigo no castelo. Tenho outros hóspedes, e uma festinha hoje, para mostrar a minha esmeralda.

— Chegou hoje mesmo? — perguntou Nora, pois já sabia alguma coisa a respeito da joia.

— Sim — respondeu Mary, e abrindo sua elegantíssima bolsa mostrou-lhe no fundo a fulgurante pedra.

Nora teve um gesto de espanto:

— É surpreendente. Pode pôr-me nas mãos?

Conversaram as duas sobre a pedra, o automóvel ia chegando à estrada.

— Mas como, você não receia carregá-la assim? Não teme um assalto?

Mary apontou-lhe a frente do automóvel, e só então percebeu que, ao lado do chofer, havia um outro homem e que esse homem tinha uma automática na mão.

— Eu não a quis deixar em casa e o sr. Galara me acompanhou. Contudo tenho que arranjar um novo guardião, pois o sr. Galara tem outros afazeres em Calcutá e deve partir amanhã. O sr. Honnett partirá hoje mesmo.

— Mas você tem o Fred. E também pode colocá-la num banco.

— Sim — respondeu a srta. Mary — mas Fred, como você sabe, vive sempre sonhando, no mundo de seus poemas, e não dá importância a pedras preciosas. Vou arranjar uma pessoa de confiança para levá-la depois das festas ao banco de Marselha, ao qual confio as minhas joias. No entanto, é pena. Gostaria de conservá-la o maior tempo possível comigo. Parece-me que há uma lenda... A esmeralda azul é um talismã para quem a usa.

Neste momento a estrada fazia algumas curvas, uma elevação obrigava a uma diminuição de velocidade. Nora Gray ainda tinha nas mãos a esmeralda quando alguém saltou sobre o estribo do carro. Mary arrebatou-lhe a joia vendo ao mesmo tempo a mão que entrava entre os vidros do carro, formando uma garra. Galara voltou-se imediatamente e viu um vagabundo pedindo esmola.

— Afaste-se — gritou o chofer, enquanto Nora lhe atirava pela janela do carro algumas moedas.

O vagabundo desapareceu numa moita de amoras.

— Que belo homem — sussurrou Nora ao ouvido de Mary.

— O vagabundo?

Um riso moço sacudiu as duas cabeças, a loira e a fulva, no interior do automóvel.

— Galara, diz você, não é?

— Sim, Oswaldo Galara.

— Se eu fosse você, contratava-o para qualquer coisa. Que olhos estranhos tem.

— Sim... É extremamente simpático...

— Muito mais do que Fred. E o seu noivado com o primo?

Mary sorriu:

— Guardei-o para você. Assim mesmo duvido. Ele só pensa nas musas. Depois, você sabe... Fred é parente próximo. E sou contra os casamentos consanguíneos. É um formidável companheiro, um grande amigo e mais nada.

Estavam acesas todas as luzes do castelo. Mary Gerreson dava uma festa. Aproveitando a chegada de diversas pessoas amigas, tendo recebido muitas solicitações curiosas para uma exibição coletiva da famosa "esmeralda azul", resolvera abrir as portas de sua propriedade para um pequeno grupo. Por outro lado, querendo tornar agradável a reunião, conseguira para a soirée alguns artistas de anfiteatro para abrilhantar a noite com alguns números.

Mary acabava de descer. Estava lindíssima em sua toalete amarela, sua cor predileta, realçando a sua cabeleira fulva, mas ninguém lembrava nesse momento de admirar a beleza da jovem anfitriã. Todos tinham os olhos voltados para o seu colo de uma tonalidade queimada, pois Mary fazia vida de esporte, banhando-se diariamente ao sol do Midi. Nesse colo que arfava com ligeira excitação esplendia a famosa esmeralda do Tibet.

Muitos foram os comentários a respeito, falou-se de lendas e histórias da pedra, mas ninguém as sabia ao certo. Interpelada, Mary respondeu:

— Só sei que serei depositária da esmeralda e que deverei legá-la a um Gerreson, sob pena de maldição dos meus antepassados. Evidentemente não creio em maldições mas vou satisfazer a vontade de meus avós. Já fiz, inclusive, o testamento especial, esta tarde.

— Certamente será Fred o beneficiado — disse uma graciosa loira, sua antiga condiscípula, que estava a seu lado.

— Não, não será Fred. Fred detesta joias. Só adora as preciosidades vegetais e a receberia com indiferença. Vou legá-la a um outro primo que está na Grécia, atualmente. É um arqueólogo e saberá dar real valor à esmeralda do Tibet. Aliás, ainda sou muito moça para morrer e...

Teve um estremecimento, que todos notaram. As suas mãos convergiram primeiro ao lugar do coração e depois se aproximaram da pedra.

— Curioso! Tive uma impressão esquisita agora, como se a esmeralda esfriasse de repente. Senti-o em minha pele.

Nesse momento, sons musicais, primeiro tenuíssimos, em seguida quase selvagens, fizeram-se ouvir na sala vizinha.

— Bem — disse Mary — Fred já está dirigindo o espetáculo. Tenho uma surpresa para os senhores. Convido-os a passar à sala de música, onde terão ocasião de assistir a alguns números de música e dança por uma trupe que veio especialmente do Hindustão para os espetáculos de Orange.

O número de convidados era restrito, apenas umas trinta pessoas que logo se acomodaram nos divãs e poltronas da sala de música. Os componentes da orquestra estavam vestidos à europeia, mas usavam turbantes nas cabeças. Uma bailarina bailava entre véus, sedas e perfumes, deslizando seus pés nus pelo grande tapete, traçando com o corpo movimentos de grande sensualidade. Momentos depois, a música estranha tomava uma nova forma.

Era quase soturna, às vezes apagada, e um bando de diabos verdes invadiu o local contornando a bailarina. Estranhas acrobacias eram exibidas enquanto uma longa cobra, sacudindo guizos, envolvia o corpo da mulher. Era um espetáculo comum nos music halls europeus, mas impressionava pela perfeição dos executores. Assim, muitos aplausos obtiveram os artistas e Mary agradecia satisfeita as felicitações de seus convidados. Bebidas e gelados foram servidos quando a srta. Mary notou que Fred lhe fazia um sinal. Fê-lo aproximar-se.

— Há uma pessoa aí procurando você. Dodd explicou que não se trata de convidado. Diz que tem um assunto urgente para tratar com você, pessoalmente. É um hindu. Quer que eu o receba?

— Sim... Não, espere. Vou num instante.

Deixou a sala; Fred acompanhou-a, no entanto.

Viu-se frente a frente com um homem que se curvou até os joelhos à sua entrada. Tinha realmente a pele escura dos nativos hindus, mas seus olhos eram cortados obliquamente, como os dos mongóis.

— Venho de Madrasta — disse ele, unindo as mãos depois da reverência. — Venho especialmente para esta entrevista. Podemos conversar aqui — e apontou para um desvão da sala, onde Fred se postara.

— É meu primo e não tenho segredos para ele — respondeu a srta. Mary. — Aliás, não tenho segredos. Quem é o senhor e o que deseja?

O hindu permaneceu absolutamente mudo.

— Bem — disse a moça, voltando-se para o primo. — Vou levá-lo à biblioteca. Deixe-nos a sós por alguns instantes.

— Não posso permitir, Mary... Ou então, deixa-se a joia.

O hindu teve um sorriso enigmático. Mary fixou Fred friamente:

— Tenha a bondade de ir ao salão. Estão lá os convidados.

E fez o visitante entrar na biblioteca que ficava logo ao lado do saguão.

— Diga-me agora o que deseja, senhor. Estamos absolutamente sós.

— Quero comprar a "esmeralda azul".

Mary olhou surpresa o estranho personagem.

— Mas não pretendo vendê-la... Se sabe da sua existência — continuou, tocando-a com os dedos —, deve saber também que é uma joia de família, portanto não deve passar para mãos estranhas, por preço algum.

Um miado lúgubre de um gato ouviu-se nas proximidades. E a moça viu, espantada, que o hindu traçava no ar, com os dedos, vários sinais cabalísticos. Depois voltou-se para ela, e Mary tornou a vê-lo como um civilizado cavalheiro vestindo corretamente um traje elegante e caro.

— Pago-lhe qualquer preço, srta. Gerreson. Mesmo o preço absurdo que a sua fantasia poderá imaginar... Todo o algodão de Ahmedabad, todas as plantações de Maharatta estão à sua disposição para indenizá-la se estiver disposta a entregar a joia, que aliás não lhe pertence.

— Como? — perguntou a srta. Gerreson. — O senhor está louco? Como não me pertence? Acabo de recebê-la como herança de um parente meu que por sua vez a recebeu de um antecessor. Diversas gerações dos Gerreson...

— A "esmeralda azul" pertence ao Gato do Gautama, srta. Gerreson, e foi roubada...

— E o senhor veio aqui insultar-me... E por isso não queria testemunha. Vou chamar o mordomo para pô-lo daqui para fora...

— Não é preciso, senhorita. Eu partirei... Tenho certeza que da próxima vez me ouvirá com mais cuidado. Recomendo-lhe, contudo, já que é portadora da esmeralda, que não a deixe ser tocada por mais ninguém ou muitas desgraças sucederão nesta casa. Posso, por ordem do Gautama...

67

— Peço-lhe que acabe com estas histórias, senhor... Tenho os meus convidados e não acredito em lendas... O senhor quer a esmeralda e não a venderei, como disse; portanto, está terminada a entrevista.

O hindu fez diversas curvaturas antes de se retirar. Mary apressou-se em segui-lo com os olhos até a escadaria número um, onde estava o mordomo que lhe abriu a porta. Fred tomou as mãos da moça. Estavam frias e um vinco enfeava a fronte da srta. Gerreson, pois uma das suas maiores atrações residia precisamente na serenidade de seu semblante.

— Queria comprar a esmeralda azul — explicou Mary.

— Sei... — disse Fred. — Ocultei-me entre as cortinas do museu. Desculpe Mary, mas não podia deixá-la só.

Mary teve um gesto de contrariedade.

— Está muito cheio de cuidados comigo, Fred. Não preciso de ninguém para me defender.

Dirigiram-se para o salão, onde os convidados entretidos em números de mágica não tinham percebido a ausência dos dois.

Num canto da sala, precisamente junto a um estranho móvel, misto de dossel e divã, que diziam ser o local preferido do primeiro proprietário do castelo para suas orgias, sentavam-se neste instante a srta. Mary Gerreson e Oswaldo Galara. Este, no mais apurado rigor do vestuário, sentia-se elegantemente à vontade na aristocrática mansão. Para quem não estivesse informado, Galara poderia ser identificado como um nobre aristocrata, da mais alta estirpe, amorenado pelo sol de suas incursões tropicais.

Mary ouviu-o com grande interesse, sorriam ambos um para o outro, o que fez com que Nora Gray, admirando-os de longe, chamasse para os dois a atenção de Fred Garrit.

— Não acha que fazem um lindo par, Fred? Nunca julguei que o verde ressaltasse tanto junto aos cabelos de Mary.

— Refere-se à esmeralda?

— Não. Aos olhos do sr. Galara.

O moço olhou-a surpreso:

— O que quer insinuar, srta. Gray?

Nora deu um sorriso malicioso:

— Apenas que os dois podiam casar.

Fred permaneceu silencioso alguns instantes, como se o gracejo de Nora o impressionasse, depois deu um sorriso que iluminou por instantes o seu semblante habitualmente triste:

— Mary é muito orgulhosa, e considera grandemente o que chamamos tradição, srta. Gray. Apesar de parecer o contrário. Bem vê que ela só pôde aceitar um castelo para a sua moradia. Mary nunca aceitará por marido um homem sem títulos. Além disso, o sr. Galara segue amanhã para Marselha e de lá para a Índia...

Nora Gray notou, entretanto, que Fred referia-se à partida do detetive sem conseguir ocultar a sua satisfação.

Realmente, Oswaldo Galara estava fazendo suas despedidas. Não podia negar que estava impressionado pela graciosa figura da srta. Gerreson. Explicava-lhe que de bom grado permaneceria ali mais algum tempo, mas que precisava avistar-se com o sr. Lewis Hornett em Marselha. Justificava-se, recomendando-lhe ao mesmo tempo que tivesse cuidado com a joia. Já havia se comunicado com a polícia local, que colocaria três homens de permanência no cerco do castelo enquanto estivesse ausente. Voltaria...

Nora Gray aproximava-se.

— Quer ceder-me um instante o seu cavalheiro, Mary? Gostaria que ele dançasse comigo uma vez, para lhe fazer umas perguntas sobre Calcutá.

— Sem dúvida, Nora. Estávamos combinando providências a tomar para a proteção de minha esmeralda. Mas terminamos. Aliás, a ceia deve ser servida e preciso ver Dodd.

Galara, que já se havia posto de pé com a chegada de Nora, pôs-se à sua disposição, conduzindo-a a outra sala onde um blues os chamava.

Mary encaminhou-se para o jardim de inverno. Atravessou as pesadas cortinas vermelhas que existiam em toda a extensão daquela dependência, separando-a de um longo terraço recurvo que dava para o parque. Uma tênue névoa tecia auréolas em torno das lâmpadas. Bem na sua frente, o pavilhão de caça chamou-lhe a atenção apesar de estar encoberto pela negrura vegetal.

"Quando Galara voltar, poderíamos combinar partidas de caça..."

Ela havia se desfeito dos seus cachorros, pois detestava os uivos dos cães ao luar. Falaria a Dodd para arranjar alguns. Gostava de gatos. Lembrou-se de que Czar àquela hora estava preso no quarto de sua criada Juliana para não fazer escândalos diante dos convidados. Depois, sem que soubesse por quê, recordou o caso de Eduardo VIII, o famoso príncipe de Gales, que renunciou à coroa do Império Britânico por causa de uma mulher. Ela não era uma princesa. Era apenas uma Gerreson de antepassados ilustres. Por que não? Mas por que pensar nisto? Estaria se apaixonando pelo detetive?

Pálpebras fechadas, recostou-se nos pesados reposteiros vermelhos que separavam o terraço do jardim de inverno. Quando reabriu os olhos, sentiu que alguém se aproximava. Era um homem que talvez contasse entre os seus convidados, pois estava vestido a rigor, mas tinha as feições modificadas por uma máscara de veludo.

— Não grite — falou-lhe o desconhecido, antes que ela voltasse de sua surpresa. — Não lhe farei mal algum.

Ela não pensara em gritar. Examinou-o atentamente, supôs que a mão que ele conservava no bolso do smoking estivesse segurando uma arma engatilhada.

— O que quer, afinal? Quem é o senhor?

— Peço-lhe que não se assuste. Razões poderosas me trazem mascarado à sua presença. Quero comprar-lhe a esmeralda azul.

À srta. Mary não passou despercebida a sutil modulação das últimas consoantes e, apesar de falar francês, concluiu que estava diante de um compatriota. Portanto, foi em inglês que respondeu para avisá-lo de que não se deixara enganar:

— Já tive ocasião de responder há pouco, com terminante negativa, que a esmeralda azul não está à venda.

O homem pareceu contrariado. Mas insistiu:

— Faz mal, srta. Gerreson, em querer conservar em seu poder semelhante joia. Sei que não lhe dá mais valor que a uma raridade exótica qualquer. Ofereço-lhe um ótimo negócio, além disso, pois enquanto a possuir correrá perigo de vida. E ainda é muito moça...

Mary inadvertidamente levara as mãos à nuca e desafivelara o colar. Tinha-o então entre os dedos, sentindo-se aliviada. Pareceu-lhe ouvir um leve rumor no jardim de inverno. O pretendente não parecia disposto a usar de violência, fixava a esmeralda em suas mãos e ela notou que tinha os lábios grossos demais para um inglês. Lábios semelhantes aos de um irlandês, assim como o seu mordomo Dodd.

No entanto, ela pretendeu acabar com aquilo. Queria ainda conversar com Galara, que devia estar para sair, já que devia tomar o trem de uma da manhã. Ia falar com certa rispidez para que o pretendente não mais insistisse, quando um acidente imprevisto abreviou a solução. A sua voz morreu na garganta transformada num pequeno grito abafado de susto. Dessa vez de nada lhe valera a coragem que pretendia ter.

Alguma coisa caiu em seus ombros, ferindo-lhe a pele. Era o gato Czar, que acompanhara o salto com um gemido que parecia de terror, acompanhado de sons lastimosos ou excitados. Neste momento preciso, Mary, surpreendida, voltou-se, e foi o que a salvou. A MORTE VINHA BUSCÁ-LA na figura daquela luva verde brandindo um punhal. Foi só o que viu através das cortinas. Gritou e Fred vinha vindo pela primeira porta do terraço. Com certeza, ouvira qualquer coisa insólita, ou apenas a ausência da prima o preocupara:

— Mary! Mary! — chamava o moço, avançando pelo lado esquerdo.

Sua aparição foi quase que simultânea com o que acabamos de narrar. Fred Garnit chegou ainda a ver o mascarado, enquanto a luva verde desaparecia, por sua vez, do outro lado, na direção do jardim de inverno, com uma praga de quem manejava o punhal.

Impossível identificar os dois personagens, apesar das buscas feitas posteriormente. O mascarado não deixou nem um traço de sua passagem, enquanto o fantasma verde só poderia pertencer ao grupo de hindus que horas antes representara no salão de festas a dança dos diabos verdes. Mas eram muitos. Como distinguir entre tantos o fracassado assassino?

Galara revistara todos eles. Mas sabia que o punhal não seria encontrado. Depois do acidente, a festa tinha que terminar ali. Os próprios convidados, apesar da insistência da dona da casa, apenas convencionalmente aceitaram a ceia. Após esta, fizeram as despedidas.

— Bom — dizia Galara a srta. Mary quando todos os convidados já se retiravam —, o que eles querem é a esmeralda. Guarde-a num lugar seguro, mas não a conserve junto de si, srta. Gerreson.

— Tomarei conta de Mary — disse Fred quase agressivo. — Ficarei junto à porta de seu quarto enquanto se recolher para descansar. Não há necessidade de detetives por aqui. Atenderei ao primeiro chamado de minha prima.

— Perfeitamente — disse Galara. — Já vou, porque estou na iminência de perder o trem.

E, voltando-se para Mary Gerreson, continuou:

— Amanhã estarei de volta. À noite, o mais tardar. Não se esqueça que há policiais em torno do castelo, vigiando particularmente as janelas de seu aposento. O sr. Garnit ficará do outro lado da porta, portanto partirei sem receio.

Beijou-lhe a mão; Mary sentiu o calor de seus lábios; ele se afastou.

O homem embuçado olhou dos dois lados; a estrada à esquerda se perdia numa carreira de pequenas luzes vermelhas, à direita a sua continuidade estava encoberta por tufos de amoreiras silvestres e nascentes cedros. Em vez de tomar pequeno caminho que, saindo da estrada, ia terminar no portão principal do castelo, contornou o longo muro de pedras e parou junto à amendoeira florida que pôde prever antes mesmo de se aproximar. O perfume intenso das flores amargas embalsamava o ambiente, o grande tronco se firmava fortemente nas robustas raízes que se libertavam da terra.

Três sentinelas guardavam o castelo de Bolsena. As rudes botas batiam no pedregulho que contornava a construção, ressoando na noite. O homem que estava enrolado na capa espreitou mais um pouco, assegurou-se de que os policiais de Orange estavam a uma distância oportuna e escalou a árvore à sua frente. Três guardiões não eram suficientes para resguardar o comprido edifício, pelo menos quando tinham que tratar com um homem semelhante. Parecia não ter nenhuma pressa.

Descansando num dos altos galhos da árvore, viu passar embaixo a primeira sentinela que se aproximou. O guarda estava fardado, tinha um fuzil ao ombro e fumava um cigarro.

O homem da capa negra ergueu depois a vista para o torreão do castelo, que desenhava uma sombra sinistra no espaço depois dos dois corpos, separados por uma galeria.

Esta era constituída por uma espécie de corredor, precisamente o jardim de inverno, com um terraço que o acompanhava em toda a sua extensão.

No pavimento superior do primeiro corpo estavam os aposentos da srta. Mary e da governanta. No interior, a sala de recepções, a sala de música, a biblioteca e um pequeno bar ao lado do saguão com uma copa anexa. Uma galeria separava a sala de recepções da sala de jantar, e ali a srta. Gerreson colocara alguns quadros célebres que possuía, reservando os pilares para os retratos dos Gerreson.

Os apartamentos dos hóspedes ficavam no andar superior do outro edifício, e os empregados dormiam no térreo.

Era uma bela arquitetura barroca, e não deixou de sentir isso, bem impressionado, o homem que se estendia confortavelmente num galho móvel da amendoeira com uma desenvoltura de bicho. Contudo, não demorou muito no exame e os seus olhos brilhavam através da máscara de veludo, atendo-se principalmente nas duas janelas mais próximas ao torreão que sabia pertencer ao quarto de dormir da srta. Gerreson. A luz passava através das persianas, e o homem esperava pacientemente que as luzes apagassem.

Enquanto isto, neste mesmo quarto de dormir, Mary e Nora Gray conversavam, esta experimentando uma camisola da amiga.

— Vou estragar estas lindas rendas, Mary. Sou muito mais gorda do que você. Seria melhor eu ter mesmo ido para o meu hotel.

— Não se preocupe, Nora. Elas são realmente bonitas. Mas saiba que nunca as uso. Não gosto de camisolas, e se você não se servir delas, as traças do castelo serão as únicas compensadas. Aliás, a camisola está muito bem no seu corpo. Você é que está com sono... ao que parece.

Nora Gray realmente cabeceava. Gostava imensamente de champanhe e evitava sempre beber, mas em sua viagem à França resolvera não ter medidas e provar à vontade todas as louras espumas que fossem postas numa taça a seu alcance...

— Como é insinuante esse seu Galara — disse, desmanchando o penteado.

Tropeçou numa artística poltrona que dava para o quarto de vestir. Uma bela gargalhada cascateou, desprendendo-se ao mesmo tempo toda a cabeleira.

Estava corada, os olhos sorridentes, a boca úmida.

Curvou a fronte numa atitude sonhadora, depois fixou novamente a amiga.

— Eu seria capaz de beijá-lo, Mary, se ele o quisesse, mas você já se arrumou com ele.

Mary olhava-a assombrada. Nunca a vira falar tais disparates. Era melhor que dormisse mesmo. Levou-a até a própria cama, fê-la deitar sem resistência, cobriu-a como uma criança. Não deixou de contemplá-la alguns instantes, pois achou-a linda. Vestiu uma capa, fechou as cortinas, as janelas, apagou a luz.

Quando saía do quarto, a governanta entrava. Recomendou-lhe a moça; disse que dormiria num dos quartos de hóspedes e desceu. Fred estava na biblioteca, ao lado do mordomo. Examinavam um revólver; ela os viu, e lembrou-se do pequeno presente que Galara lhe dera ao despedir-se.

Era uma pequenina arma de cabo de marfim, que estava agora no bolso interno de sua capa, juntamente com a esmeralda azul. Passou por eles sem ser notada, encontrou no bar um garçom e pediu-lhe um pouco de conhaque. Fazia frio e eram quase três horas da manhã. Passando pela galeria, demorou-se olhando o retrato do tio, o mesmo que lhe legara a esmeralda. Teve uma ideia naquele instante. Aproximou uma banqueta da parede e subiu. Os seus dedos tocaram o quadro. Com algum esforço colocou atrás dele, num dos ganchos que o prendiam, a corrente com a esmeralda azul, que ficou completamente coberta pelo quadro.

— Guarde-o para mim, tio — falou sorrindo, os olhos voltados para o retrato.

Vozes se aproximavam, percebeu que eram Dodd e Fred Garnit.

— Ainda está de pé, Mary? — perguntou-lhe Fred. — Pensei que estivesse em seu quarto.

— Não. Nora vai dormir lá, eu ficarei num dos quartos de hóspedes. Então, Dodd, como vai o Czar?

— Está com Juliana, no quarto dela. Está muito calmo. Aliás, srta. Mary, se a senhora permitisse, eu a aconselharia a tratar de seu ombro, pois as unhas dos gatos são sempre venenosas e eu noto uma mancha de sangue em seu vestido.

— Nada, Dodd. Apenas uns pontos desfeitos no tecido. Juliana consertará amanhã...

Mary Gerreson falava, mas tinha os olhos presos nos lábios do mordomo. Aquela boca lembrava a do mascarado que quisera comprar a esmeralda. Mas não podia ser. No momento da recepção, Dodd vestia a libré do castelo e o outro um smoking, não se lembrara, é verdade, de tê-lo visto nos últimos instantes que antecederam o atentado; possuía também alguma semelhança no porte, na cor dos cabelos apesar de tê-los penteado diferente, mas a voz não lhe lembrava a do outro e Dodd falava um mau francês. Além disso, havia aquele pequenino sinal na comissura dos lábios...

Estava tão voltada para suas próprias deduções que só quando Fred tomou-lhe um braço percebeu que falava com ela.

— Ah! Fred! Desculpe. Não é preciso montar guarda, não. Aliás, a esmeralda não está comigo, portanto, não correrei perigo.

— Entregou-a a Galara?

— Não — respondeu Mary, sorrindo. — Coloquei-a no pescoço de um gato...

E se afastou. Antes de chegar à porta do jardim de inverno para se dirigir a um dos quartos de hóspedes, voltou-se para o primo:

— Já que você quer mesmo dormir aqui, Fred, diga a Dodd que lhe conduza a uma cama.

— Ficarei por enquanto aqui na biblioteca, Mary. Não tenho sono, depois darei umas voltas aí por fora.

Respondeu ao cumprimento da prima, enquanto Dodd ia descendo as cortinas das janelas antes de fechar as portas do castelo.

— Acho que devíamos dar qualquer coisa a comer e a beber às sentinelas, Dodd.

— O chofer já levou, sr. Garnit. E há alguns minutos.

Fred esperou que o mordomo se afastasse completamente. Então, dirigiu-se à biblioteca. Apanhou um livro artisticamente encadernado com uma cobertura de bronze. Abriu-o, ao que parece, com grande sofreguidão, como se apenas um dos capítulos o interessasse. Arrancou algumas folhas, meteu-as no bolso, as suas mãos tremiam, e colocou de novo o livro na estante.

Momentos depois, o mordomo voltava. O castelo ia escurecendo. Fred chamou-o:

— Dodd, leve-me para um quarto de hóspedes que esteja próximo ao da srta. Gerreson.

— Sim, sr. Garnit. Vou acordar Juliana.

Na amendoeira, situada lateralmente ao torreão do castelo, o homem mascarado viu que as persianas do quarto da srta. Mary não filtravam mais luz. Esperou mais algum tempo, e depois, pulando como um macaco de um galho para outro, chegou mais próximo do muro e saltou no momento exato em que a sentinela surgira atrás dos ciprestes. Esta porém não o viu, não ergueu sequer a vista para o muro alto. Aliás, com uma ligeireza de gato, o homem desceu uma a uma as pedras do muro pelas saliências. O vento começara a soprar e isto o auxiliava na sua empreitada, pois os seus passos ficavam mais amortecidos ou poderiam ser confundidos com o barulho das folhas sacudidas. Espreitou cuidadosamente as cercanias, antes de subir a escada de ferro do torreão. Quando chegou mais ou menos à metade dos caracóis, saltou para o telhado do primeiro corpo do edifício e dali foi-lhe fácil atingir uma das escadas do quarto de dormir da srta. Gerreson. Então percebeu uma fraca luz interior, ou acoberta-da por espesso abajur ou vinda de algum quarto vizinho.

A veneziana estalou ao ser aberta, o que produziu um movimento de recuo no assaltante, mas nenhum outro barulho se produziu e ele descerrou ligeiramente a janela. No fundo, numa bela cama de cedro trabalhado, num amontoado de rendas, dormia profundamente uma jovem. Tinha a cabeça enrolada nas almofadas, completamente desaparecida nos bordados do lençol. Uma bela perna nua escorregara da cama, o pé quase tocando o chão. O homem não se deteve muito tempo, tinha a respiração opressa, atormentada. Guardou o revólver no bolso e tirou de outro um afiadíssimo punhal. Aproximou-se lentamente da jovem adormecida e, sem mesmo procurar ver as suas feições, enterrou-lhe o punhal diversas vezes no corpo. Um único gemido abafado saiu dos lábios fechados, onde pequeninos dentes ficaram enterrados. O homem de capa negra limpou o punhal no próprio lençol da cama e guardou-o. Saiu pelo mesmo caminho que viera, com um pouco menos de calma, mas suficientemente precavido para não se deixar apanhar.

Nesse mesmo momento, um outro drama se desenrolava no outro corpo do edifício, onde Mary tinha se recolhido, depois de deixar o primo e o mordomo Dodd.

Mary, mesmo vestida, repousara num divã de um dos compartimentos do *rez-de-chaussée* e entregara-se a meditações que não deviam ser amargas, pois um sorriso feliz entreabria os seus lábios, e seu peito arfava tranquilamente. A esmeralda azul tinha saído de seu pensamento; via um vagão de trem, onde numa cabine um homem moreno fumava um daqueles seus estranhos cigarros asiáticos. Inadvertidamente, viu numa mesinha perto uma cigarreira de bronze. Abriu-a, tirou um cigarro e apesar de não estar habituada ao uso do fumo, acendeu-o e tornou-se a recostar nas almofadas com os olhos semicerrados. Mal havia começado a fumar, ouviu um grito horroroso de mulher, partindo de um dos quartos de cima, dos aposentos dos criados. Seguiu-se um daqueles terríveis gemidos, que ela não teve dificuldades em atribuir ao Czar.

"O gato assustou alguém", pensou; e estava disposta a não mais se incomodar, quando sentiu nitidamente alguém descendo as escadas correndo, e depois o barulho de um tiro.

Abriu rapidamente a porta, com o revólver na mão, decidida a saber o que se passava. Fred deixava igualmente o quarto contíguo, vestindo ainda sua roupa de soirée, igualmente carregando uma arma.

— Foi lá em cima — disse Fred, subindo as escadas. Mary acompanhou-o. Encontraram a criada Juliana quase desfalecida de susto, rodeada de todo o pessoal da casa, com exceção da governanta e do chofer, que dormiam suficientemente longe para não serem acordados com o grito. O tiro, contudo, trouxe-os ao pavilhão, mas quando chegaram, a srta. Mary já interrogara Juliana. Esta, ainda soluçando de pavor, contava o que lhe sucedera.

— ... e então o homem de máscara chegava... e eu ouvi falar que é quando a gente grita que eles matam... mas ele veio vindo. Czar estava dormindo comigo, ele vinha na direção de minha cama. E então, vendo o punhal, não aguentei e gritei. Depois, como Czar estava perto de mim... Não tinha nada para me defender e atirei o Czar contra ele. Czar foi cair justamente na cara dele, arrebatando-lhe a máscara. Mas não tive tempo de ver porque ele correu, não para a janela como eu pensava que ele fosse, mas para a porta. Fiquei tremendo de medo pensando que alguém havia de vir em meu socorro.

— Srta. Mary — interrompeu o mordomo. — O sr. Galara deseja falar-lhe.

— O sr. Galara? — perguntou surpreendida, enquanto uma onda de sangue e calor inundava-lhe o rosto.

— Mande-o entrar.

— Aqui, senhorita?

— Aqui.

E voltando-se para a empregada, perguntou:

— Como estava vestido o homem? Era louro? Moreno?

— Era castanho como o sr. Fred — respondeu. — Sei que estava de preto, mas não me lembro se era roupa de cerimônia. Tinha uns olhos horríveis de assassino, srta. Mary.

— Mas não disse que ele estava de máscara?

— Sim... Esquecia-me... Mas devia ter...

Mary Gerreson voltou-se. Oswaldo Galara entrava com um guarda.

— O meliante escapou, senhorita — disse o guarda. — Atirei contra ele, mas raspou-se. Não foi minha a culpa, pois estava longe e ninguém poderia imaginar que ele saltasse do torreão.

— Do torreão? — perguntou Mary, perplexa.

— Sim... Do torreão.

— Coisas estranhas estão se passando aqui — disse Fred. — Quem seria?

— É melhor irmos ver se não aconteceu nada a Nora — lembrou Galara, antes de explicar o seu imprevisto regresso.

— É verdade! Que cretinice deixá-la tão desprotegida em meu quarto.

O mordomo ficou sossegando as criadas enquanto Fred, a governanta, a srta. Gerreson e o detetive se dirigiram para o outro corpo do edifício. O chofer retirou-se para o seu quarto, num pavilhão à parte, recém-construído ao lado da garagem.

Enquanto seguiam, Galara explicava a Mary Gerreson que havia resolvido o seu caso pelo interurbano com o sr. Hornett. Voltando-se depois para a governanta, perguntou:

— Observou alguma coisa do lado do quarto da srta. Gray?

— Não, senhor. Há uma meia hora mais ou menos, como a srta. Mary recomendou, fui até o quarto. Ela dormia serenamente...

Mas quando, aberta a porta, Mary Gerreson se aproximou da cama onde julgava Nora entregue a pesado sono, sentiu um silêncio de morte...

Acendeu a luz da cabeceira e correu para a porta.

Fred, que estava mais próximo, viu-a então terrivelmente pálida, apontando para dentro, sem poder articular palavra.

Galara percebeu que qualquer coisa de terrível acontecera ali e, deixando de lado as convenções, entrou no quarto da moça. Nora estava morta e as rendas da camisola branca empapadas de sangue. A cabeça, mergulhada completamente nos travesseiros; da cara só se podia perceber a boca, torcida horrivelmente como a deixara o último espasmo de agonia, os dentes expostos trincados no lábio inferior. Tinha uma perna jogada fora do leito, completamente nua, e o detetive apressou-se em cobri-la com um roupão que estava ao lado da cama.

Fred, muito pálido, duas grandes manchas roxas logo abaixo dos olhos, dava ordens rápidas aos criados, depois de responder com insolência às perguntas das autoridades.

O grande carrilhão da biblioteca batia quinze minutos depois de seis horas da manhã. Mary Gerreson, apesar de abatida, mostrava-se firme. Pedia à governanta que fizesse rapidamente umas rosquinhas especiais para o comissário de Orange. Beth sabia a receita, e que não esquecesse de pôr na mesa uma garrafa de conhaque para o *coup de réveil* que os franceses estavam habituados a beber antes do café...

O castelo estava cheio de gente estranha. Policiais, médicos, fotógrafos, os homens fúnebres encarregados de levar defuntos ao necrotério. Mary reparou que Fred virava mais um grande cálice de uma genebra muito apreciada por ele, e não deixou de aconselhar:

— Por favor, Fred. Você já bebeu muito hoje...

— Se você acha que estou acabando com as suas garrafas...

— Não se trata disso, Fred. Deixe de bobagens... É que só tenho a você...

— Não, Mary. Você tem este detetive da Índia. É verdade que ele nada tem feito que valha a pena.

— Cinco vezes fincou o punhal — dizia a Galara o delegado de Orange. — Se se trata de um punhal, pois nunca vi ferimentos semelhantes. Dá mais a impressão de um cano enterrado na carne, um trabalho de pua.

— Qual a impressão do médico? — perguntou-lhe o detetive.

— Igualmente perplexo. Está aqui o laudo, pode examinar.

Oswaldo Galara examinou o papel que a autoridade lhe entregara. Depois devolveu-o, dizendo:

— Realmente, um objeto pontiagudo, abrindo caminho e depois o ferimento se alarga na superfície, como se o cabo do punhal se enterrasse em seguida... Sim... O cabo do punhal... O médico ainda vai examinar o cadáver?

O delegado retirou-se e Galara ficou só com a morta durante uns instantes. Tirou rapidamente do bolso um vidro de álcool e um pedaço de algodão, que umedeceu no álcool. Passou-o depois sobre um dos ferimentos de Nora Gray, o que fora menos profundo, a cinco polegadas do ombro. Limpou-o bem de todo o sangue seco. Depois tirou uma lente de uma carteira e examinou por alguns instantes a ferida que parecia cicatrizada. Um sorriso passou por seus lábios. Vinha vindo alguém, ele fez desaparecer num instante o álcool e o algodão, cobriu novamente o cadáver. Vinham buscá-lo quatro homens com uma maca, acompanhados pelo delegado.

Mesmo depois do cadáver sair, Galara permaneceu alguns instantes no aposento, numa paciente pesquisa, depois desceu a escada imponente que dava para a sala de recepções. Mary tinha os olhos voltados para ele, como se o esperasse.

— Como vai o seu primo? — perguntou-lhe o detetive. — Continua com a mesma excitação?

— Não sei — respondeu-lhe a moça. — Nunca o vi em semelhante estado, apesar de ser meio esquisito sempre. Como sabe, é poeta...

— Não é por indiscrição, srta. Gerreson, mas é para ajudá-los que vou lhe fazer uma pergunta. O seu primo amava Nora Gray? É estranho que ele se mostre tão impressionado com a morte da moça.

— Não, sr. Galara. Ele pouco conhecia minha pobre amiga. Penso que o que o abalou foi o fato de Nora Gray ter sido morta em meu lugar. Como já tive ocasião de lhe dizer, eu e Fred somos como dois irmãos. O que está me aborrecendo é que tenha recomeçado a beber. Há quatro anos que não o fazia, desde que uma crise nervosa provocada, ao que parece, pelo abuso do álcool o levou a um sanatório.

— Foi a única crise que teve?

— Sim. Ficou num estado lastimoso, uma verdadeira loucura agressiva, depois de algumas semanas de grande depressão. Ele é muito sensível e muito sonhador...

O detetive prestava a máxima atenção às palavras de Mary Gerreson. Houve um silêncio entre os dois; o carrilhão da biblioteca marcou as doze horas. Neste instante preciso, um automóvel enlameado parou na entrada principal do castelo Bolsena e dele saiu um homem que se fez logo anunciar, enquanto o chofer retirava algumas malas do carro.

Dodd apareceu no salão de recepção, onde sua patroa conversava com o detetive, dizendo:

— O sr. Gary Gerreson, senhorita.

— Gary? — perguntou Mary, espantada. — Faça-o vir imediatamente aqui.

O mordomo não teve nem tempo de se voltar. O recém-chegado entrava na sala, exclamando:

— Olá, prima! Não imagina a minha alegria por sabê-la com vida... Li os jornais de hoje, comprei-os no caminho. Estou aqui para o que for necessário.

Mary abraçou-o com grande presteza. Ela tinha tido pouco contato com aquele parente sempre em viagens intermináveis pelas tumbas egípcias, estudando a arte primitiva dos africanos ou sondando os mistérios das religiões asiáticas. Não pôde esconder o seu entusiasmo e admiração pelo último descendente dos Gerreson. Contudo, não se esqueceu, as efusões terminadas, de apresentá-lo ao detetive. Este curvou-se delicadamente e pediu licença para se retirar por momentos.

Enquanto contornava o castelo, Galara pensava no recém-chegado, no seu corpo esguio, alto, a roupa muito cingida ao corpo, lembrando uma cobra de olhos brejeiros. Não deixara de reparar na boca desdenhosa, mesmo quando fitava a prima, certo de seu prestígio diante dela, dominador; sim, é esse o termo, dominador... Era como se falasse a uma multidão...

Parou junto à velha amendoeira. Perscrutou demoradamente o solo que a contornava e depois reparou que se podia nela subir com facilidade e que dali ao torreão era só uma questão de coragem e agilidade. Tinha sido esse o caminho do assassino, não teve nenhuma dúvida. Em seguida, voltou ao castelo. Lá estavam parados dois automóveis, o de Gary Gerreson e o de Mary, prestes a sair. O chofer já se acomodava no volante. Galara perguntou:

— Vai à cidade?

— Sim, senhor. Tenho umas encomendas urgentes da srta. Mary.

— Bem. Então vou aproveitar o carro. Leve-me até lá.

— Vai fazer compras?

— Não, deixe-me no hotel ao lado do anfiteatro.

A inquirição policial no castelo estava terminada. A polícia nada tinha resolvido ainda sobre o caso, decidira estudar pacientemente o laudo pericial, e a srta. Mary recebera notificação de que novos interrogatórios seriam feitos oportunamente.

Mais uma noite envolvia a antiga morada do príncipe romântico, e Mary Gerreson estava no salão conversando com o primo arqueólogo e o assunto era a esmeralda azul. A moça tinha acabado de mostrar ao parente a fatídica joia, na galeria de quadros; ele tinha aprovado o esconderijo e, depois de se certificarem de que ninguém os via, colocaram-na novamente sob a guarda do tio Gerreson. Deixaram o local e se dirigiram ao salão, onde Mary mandou servir chá.

Ela estava um pouco apreensiva. Fred tinha deixado o castelo antes mesmo da chegada do primo, e Galara também não mais tinha aparecido desde que Gary chegara. Esperava-os entretanto a qualquer momento, pois não deixariam de vir antes de Dodd fechar os portões.

— Conhece a história da esmeralda, Gary? — perguntava a moça.

— Vagamente — respondeu-lhe o primo. — Como você sabe, Charles Gerreson a conquistou na Índia, quando era apenas um soldado. Era de família nobre mas sem recursos, e depois de encontrar a pedra a fortuna lhe sorriu.

Muitas medalhas ornaram o seu peito. Morreu de velhice, depois de uma vida feliz e gloriosa. Deixou um documento, que deve estar na história dos Gerreson. Você deve ter um exemplar na biblioteca.

— Procurei hoje — disse Mary. — Mas tudo o que concerne a Charles Gerreson está nas páginas que faltam.

— Nas páginas que faltam?

— Sim. O livro tem diversas folhas arrancadas.

— Bom, não tem importância. Eu tenho um original e o mandarei logo que voltar ao Egito. Deixei lá. Mas no seu diário Charles Gerreson conta detalhadamente a história da pedra, desde a sua origem até os benefícios que ela lhe proporcionou. Todos os Gerreson que a possuíram foram ou intensamente beneficiados ou morreram tragicamente de morte violenta. A pedra — diz ele — pertencia a um gato sagrado de um templo do Tibet...

Subitamente, a governanta invadiu o salão como se fugisse de um demônio, os olhos esbugalhados, gritando:

— Srta. Mary, srta. Mary... mataram o René. Lá na galeria...

Mary ergueu-se, estarrecida:

— Será que querem acabar com a minha casa?

Rapidamente passou por seu pensamento o poder maléfico da esmeralda quando nas mãos de determinados possuidores. Mas foi um instante só. Antes de sair do lugar, viu que o mordomo entrava, tendo também ele passado pela galeria, avistando o cadáver do chofer. Gary Gerreson parecia preocupado. Era necessário tomar qualquer providência.

— E os guardas? — perguntava a si mesma a srta. Mary. — O que fazem os dez guardas que estão agora cercando o castelo?

Voltando-se para a governanta, perguntou:

— Onde está o policial que fazia a ronda interna?

— Está ceando, srta. Mary. Na copa.

— Quer ter a bondade de telefonar à chefatura da polícia, Gary? Eu me sinto cansada. Não quero nem ver o que sucedeu na galeria...

— Mas não é lá que deixamos a esmeralda azul? — perguntou Gary. E sem esperar resposta e esquecendo-se da polícia, dirigiu-se a passos largos para lá.

A moça permaneceu calada, de pé no meio do salão, a governanta falava mas ela não ouvia, os braços estendidos ao longo do corpo. Assim encontrou-a Galara, quando entrou daí a momentos.

— Sempre tarde — disse. — Mais um crime nesta casa sem que eu pudesse impedir. Mas agora está tudo terminado... O comissário está aí...

— Perdoe, Galara — disse a moça, olhando finalmente para ele. — Bem disse o hindu que eu me arrependeria se guardasse a esmeralda azul.

O comissário entrou por sua vez no salão. Um grupo de policiais armados entrava em seguida, o que constituiu grande surpresa para a jovem, pois mesmo que a polícia fosse avisada não poderia ter tido tempo de chegar.

— Peço-lhe, srta. Gerreson, que convide todas as pessoas da casa a se concentrarem aqui imediatamente. Estão todos presentes?

— Penso que sim... Quer dizer, com exceção de Fred. Aliás, não mora aqui.

— Mas cá estava na noite do crime e é necessário então mandá-lo buscar onde estiver.

— Fred está no quarto dos hóspedes, srta. Mary — disse a governanta. — Vi que ele se dirigia para lá com uma garrafa.

Dodd foi reunir a criadagem e o comissário ordenou que um guarda o acompanhasse. O mordomo olhou-o friamente, mas nada disse. Momentos depois, Dodd voltava com Louise, a cozinheira, Jeanne, a copeira, Suzan, a arrumadeira, e Juliana, do serviço da srta. Mary. Era toda a criadagem além da governanta que já estava presente.

— E o sr. Fred Garnit? — perguntou o comissário.

— Ele se recusa a vir, senhor...

— Tem que vir de qualquer forma, ainda que seja à força.

Ia dar ordens a alguns de seus subordinados, quando Mary interveio:

— Ah, não!, sr. Lonchamps. Peço-lhe. Se me permite, irei buscá-lo.

O comissário assentiu e Mary daí a pouco voltava com o primo. Fred estava completamente embriagado. Vinha quase que apoiado em Mary, os olhos vermelhos como se tivesse chorado, os cabelos em desordem. Quando entrou, um cheiro forte de álcool invadiu o ambiente. Caiu logo sobre o divã onde há pouco a srta. Mary estivera. Os outros permaneceram todos de pé, houve um minuto de tremenda expectativa e depois de embasbacamento, quando o comissário, dirigindo-se a um dos circunstantes, exclamou:

— Está preso por crime de morte, sr. Gary Gerreson...

Todos os olhos se voltaram para o acusado; apenas os de Mary estavam presos aos de Galara, interrogativos, sem acreditar no que ouviam.

Fred tinha os olhos fixos num ponto longínquo, tremia, o queixo enterrado nos punhos.

O acusado, no entanto, enfrentava a situação com a maior calma e, acendendo um cigarro, disse quase sorridente:

— É melhor acabar essa comédia, sr. Lonchamps. Se pretende servir-se de mim para apanhar o criminoso, peço-lhe que me dispense, pois não recebo honorários da polícia...

— Bem — disse o comissário. — Passo a palavra ao sr. Oswaldo Galara, a quem devemos o sucesso da investigação.

— Sinto ter que desgostá-la, senhorita. Mas foi seu primo Gary Gerreson quem, ontem à noite, penetrando em seu quarto de dormir para assassiná-la, matou por engano a sua amiga Nora Gray.

Depois, voltando-se para o arqueólogo, disse-lhe:

— Acho que é melhor entregar-se para poupar maiores explicações na presença da srta. Mary. Temos em mãos todos os elementos que o condenam.

— Nunca poderão provar nada contra mim. É uma infâmia, uma denúncia sem coerência, pois cheguei hoje de viagem — justificava-se o inglês, mas tentando ainda sorrir.

— Prendemos o seu cunhado e cúmplice, Anuruda. Basta-lhe isso? E não pode negar que o punhal de Kassapa não lhe pertence...

O cigarro aderiu aos lábios de Gary Gerreson. A inflexão de sua voz ainda era contudo firme quando disse:

— Não o entendo absolutamente, detetive.

Mary sentara-se à esquerda de Fred, tinha o rosto apertado entre as mãos. Galara olhou-a ainda um instante, depois sentou-se por sua vez ao lado direito do sr. Garnit.

E Galara então fez o seu relatório:

— Gary Gerreson estava em Constantinopla, precisamente no Perà Palace, em companhia da mulher com quem vivia, Sânia Anuruda, e de um cunhado, quando soube que o seu tio Gerreson legara à sobrinha a famosa esmeralda azul. Há muito que ele cobiçava esta joia, mas esperava com paciência que ela lhe coubesse como herança, pois ele mais do que ninguém sabia dar valor à joia do Tibet. Tem verdadeira loucura pelas relíquias de Buda, tem levado toda a vida procurando-as. Até a mulher que escolheu para companheira é uma budista. Sânia Anuruda nasceu nas margens do Tibet. Imediatamente ele tomou um avião para a França, em companhia de seu cunhado, que o acompanha nas peregrinações.

"Chegou a Marselha no mesmo dia em que o sr. Hornett desembarcava, em minha companhia. Não querendo, contudo, demonstrar que comerciava com a prima, pediu ao cunhado que propusesse à srta. Mary comprar a joia. O sr. Gary é muito rico e poderia lançar qualquer oferta. Tendo sabido pelo telefone que a srta. Gerreson se mostrava inflexível, resolveu vir pessoalmente ao castelo, supondo que o seu cunhado hindu não fora suficientemente convincente. Munindo-se de uma máscara, estava certo de não ser reconhecido. Além disso, procurou disfarçar-se o mais possível.

"Quando fazia uma última proposta à prima, no terraço do jardim de inverno, não sabia que Anuruda havia entrado sorrateiramente no castelo a fim de se apoderar da joia. Era-lhe fiel até a morte por causa da irmã. E pensou em matar a srta. Mary para entregar-lhe a joia. Anuruda viu quando Mary se dirigiu para o terraço e que ela estava distraída conversando com o sr. Gerreson. Calçando umas luvas verdes, que encontrara casualmente, das que tinham servido a um dos artistas, usou-as para não manchar as mãos ou os punhos de sangue. Não conseguiu o seu intento, já sabemos que por intervenção do gato Czar. Quando perceberam que podiam ser descobertos, fugiram. O gesto frustrado de Anuruda fez o sr. Gerreson refletir, pois a joia cada vez mais o fascinava.

"O hindu tomara um quarto no Hotel Aux Artistes, onde se aglomeravam muitos compatriotas, mas o sr. Gerreson preferiu não se mostrar e escondeu-se entre as ruínas do velho teatro, num local onde só por acaso poderia aparecer algum turista. Fumou muito ali. Coalhou o pedestal de Augusto com as suas pontas de cigarro turco, que atirava de seu automóvel. Foi de lá que voltou, depois de muito refletir, depois de ouvir pelo rádio a notícia de que a srta. Gerreson fizera o testamento especial na mesma tarde, proclamando-o herdeiro da esmeralda azul. Conhecia a casa, sabia onde era o quarto de dormir de sua prima. Não percebeu que era Nora Gray quem dormia ali.

"A srta. Mary contou-me que a sua colega tinha o hábito de dormir com a cabeça enrolada. O sr. Gerreson golpeou-a cinco vezes com o punhal Kassapa. Este punhal o sr. Gary Gerreson o descobriu, cá está neste recorte de jornal, numa das escavações que chefiava à margem do rio Norandjara. Cometido o crime, não deixou o punhal que podia ser identificado como seu, mas esqueceu que o punhal, quando usado, possui um dispositivo especial: os ferimentos tomam a forma de um K. Isso só se observa quando o punhal é enterrado até o cabo, pois é com a sua pressão que o sinal aparece. Uma espécie de carimbo sangrento. O seu punhal, sr. Gerreson, foi apreendido em Marselha e já fizeram a experiência que corrobora o que lhe estou dizendo. Só que desta vez o sacrificado foi um carneiro tosquiado. Não foi mesmo tudo assim, sr. Gerreson?"

O arqueólogo estava derreado. Tudo tinha sido reconstituído pormenorizadamente com a maior exatidão.

Fred não suportava mais o paletó. Tentava tirá-lo sem o conseguir. Galara voltou-se para ajudá-lo. O silêncio começou a pesar, quando a srta. Gerreson gritou histericamente:

— Tudo isso é absurdo. Gary Gerreson não é um assassino. Quando mataram René, ele estava aqui comigo.

— O caso de René é outro, ninguém acusa o sr. Gerreson do assassínio de René.

O delegado deu algumas ordens; daí a pouco o médico entrava.

— Então? — perguntou o comissário.

— Recebeu uma pancada na cabeça. Já tinha tido anteriormente uma fratura do crânio, houve um derrame... com certeza, pois a pancada em si não lhe podia ter produzido a morte. Em todo caso, só com a autópsia é que poderei dar a última palavra.

— Mas quem lhe deu a pancada? — perguntava Mary, angustiadamente.

— Já lhes direi. Juliana, faz o favor de buscar o Czar — pediu Oswaldo Galara.

— Não quero ver esse horrível animal! — gritou Fred, erguendo-se abruptamente. — Faz-me mal aos nervos... Poderia beber qualquer coisa, comissário?

A autoridade aquiesceu e Dodd saiu para buscar copos e garrafas. O gato entrou, gemendo, pelas mãos da criada. Tinha uma pata destroncada.

— A que horas chegou aqui na casa, sr. Garrit?

— Não me lembro. Entrei pela porta lateral diretamente para o meu quarto.

— Não passou pela galeria?

— Que quer insinuar? Não passei pela galeria...

— Bem — disse o detetive. — Vou telefonar um instante. Dodd, sirva um conhaque ao sr. Garrit.

Galara tomou o aparelho que estava sobre a lareira e discou. Fred, o copo nos lábios, olhava espantado o detetive suspenso às suas palavras.

— Sim — disse Galara —, seu criado nos informa que o senhor saiu de lá com o paletó absolutamente limpo. No entanto, pode examiná-lo agora. Onde arranjou tantos pelos de gato? Não de um gato comum, pois só conheço um com pelos dessa tonalidade. Quando encontrou o Czar?

— Maldito gato! — gritou de repente Fred, os seus olhos querendo saltar-lhe das órbitas. De um salto aproximou--se de Juliana e arrebatou-lhe o gato com a intenção de estrangulá-lo. Mas Czar pertencia a uma raça reconhecida pela sua agilidade e força. Passou-lhe as unhas pelo peito com tal furor que lhe atingiu a carne, tendo-lhe rompido o suéter e a camisa. Alguma coisa faiscou entre os rasgões e, como se fosse acudir Czar ou o próprio moço, Galara dera um salto aproximando-se, puxou-lhe a corrente de sob a camisa. Na ponta da corrente apareceu a esmeralda azul. Com a força redobrada, ninguém conseguia tirar das mãos de Fred o gato Czar, que por sua vez fazia esforços brutais para se libertar. Mas de repente os dedos do poeta Garrit afrouxaram e ele caiu sobre si mesmo, entre esgares espumosos.

Mary chorava, a governanta soluçava alto num canto da sala.

Gary Gerreson dirigiu-se ao comissário:

— Quando vamos acabar com isso?

— Bem, vamos! Dr. Peter, tome conta do jovem.

— Sim — respondeu o médico. — Vou recomendar a sua remoção para um hospital.

Três dias depois do que acabamos de narrar, Oswaldo Galara era recebido por Mary Gerreson no castelo Bolsena. Ia fazer as suas despedidas e apanhar a "esmeralda azul", que deveria levar ao cofre do Banco de Marselha.

— Que vão fazer a Gary? — perguntou a moça assim que o viu. — Vão enforcá-lo?

— Ele confessou o crime diante dos escrivães, srta. Mary. E isto constitui sempre uma atenuante. E além disso, passará também por um exame de sanidade mental. Penso que serão benevolentes em atenção à Inglaterra e é possível mesmo que o entreguem à justiça de seu país. Peço-lhe desculpas, senhorita, mas não podia agir de outra forma. Precisava livrá-la de seus perigosos parentes. Fred foi hoje internado num sanatório.

— Mas como conseguiu estar a par dos mínimos detalhes, sr. Galara? Foi impressionante... Como chegou a esse resultado?

— Pelo que vejo não leu os jornais... Eles relatam tudo. Em primeiro lugar, a tentativa de que foi vítima no momento da recepção. Não tive dúvidas, depois, de que quem cometera o crime conhecia a casa, pois sabia onde ficava o seu quarto de dormir, mas não era uma pessoa da casa, pois fugira pelo torreão, de acordo com o informe do guarda que tentou atingi-lo.

"Mas tudo ainda estava no escuro quando o seu primo chegou. E ele falou alguma coisa que me chamou a atenção. 'Tenho alegria em vê-la viva, prima.' Ora, os jornais, a meu pedido, não tinham feito referências pormenorizadas da localização do corpo da srta. Gray. Como sabia o sr. Gerreson, que acabava de chegar, sem falar com pessoa alguma da casa, que o golpe lhe estava destinado? Mas havia o hindu do atentado e outro detalhe que já havia conseguido — a marca deixada pelo punhal. Procurei ver se descobria alguma coisa, casualmente deixada no Hotel Aux Artistes, junto ao anfiteatro, que costumam frequentar os hindus. Um deles chamou-me especial atenção porque fumava compridos cigarros turcos. Ele conversava com o porteiro do hotel, perguntando pela hora do trem--correio, e tinha uma pasta no balcão, onde num monograma de ouro estavam gravados dois GG entrecruzados. Como falara em correio, lembrei-me de que precisava falar novamente com Hornett pelo telefone e me dirigi apressadamente para lá. Vi que o hindu chegava momentos depois e, entregando um volume ao agente, insistia para que o fizesse seguir pela mala aérea. E vi também o agente ler em voz alta o sobrescrito: PERÁ PALACE. CONSTANTINOPLA. OBJETO DE ARTE, informava o hindu.

"O policial joga sempre com as possibilidades. Passei um radiograma para o Intelligence Service, perguntando por Gary Gerreson em Constantinopla. Sabia que sem um mandato expresso o funcionário do correio nunca me deixaria examinar o conteúdo do volume expedido. Quando falei com Hornett, relatei-lhe os fatos e pedi para providenciar. O volume seria apreendido. No entanto, enquanto esperava a resposta da Turquia, dei uma volta pelas ruínas do teatro, onde fora observado um automóvel parado muito tempo ali na última noite. Depois... fui visitar a casa de Fred. Desculpe-me não dar detalhes desta visita completamente fora da ética policial, mas encontrei alguma coisa interessante, que logo mais lhe mostrarei. Quando passei novamente pelo correio, as minhas suspeitas foram corroboradas. O sr. Gerreson não estava em Constantinopla mas sua mulher, uma ex-bailarina hindu, residia no Perá Palace. E o seu nome era precisamente o que o hindu a que já me referi colocara no sobrescrito de seu pacote.

"O cunhado do sr. Gerreson foi procurado pela polícia, mas negou-se a dar esclarecimentos. Ficou mudo como uma pedra, apenas dizendo que mandara para uns parentes cartões com vistas de Orange. Mas inútil. À tarde, tendo já me comunicado com o comissário, foi da chefatura que ouvi a descrição do punhal que oficialmente pertencia ao arqueólogo Gerreson. Não havia ainda provas suficientes para condená-lo, e então, por sugestão, conseguimos que confessasse, com a reconstituição intencionalmente minuciosa do crime. O punhal lhe poderia ter sido furtado e ele não pensou nisso...

"Agora vou devolver-lhe o que lhe pertence. Apenas uma cópia dessas páginas é propriedade da polícia. Estas são as folhas que o seu primo Fred arrancou do livro dos Gerreson que encontrei escondidas em sua residência." Mary apanhou as páginas e passou os olhos por elas. Deteve-se num trecho: "As escrituras pális, duzentos e cinquenta anos antes de Cristo, falam na 'esmeralda azul'. Ela foi dada pelo eremita Asita ao Gautama, com as previsões: aqueles que a tomarem como guia atingirão a verdade sublime que ardentemente desejam conhecer, e os quatro poderes sobrenaturais; e as cinco forças morais e as cinco espirituais e os sete limites do conhecimento... A comunidade lhe será submetida e a vida lhe será concedida, mesmo depois da morte...".

— A imortalidade... e a verdade... — disse Galara. — O que pretendia o pobre Fred, e a sua insanidade fê-lo acreditar na lenda da esmeralda. Em todo caso, não deve ter lido com atenção este outro trecho que diz: "Mas não o conserve sobre a carne, porque a alma se encherá de pavor, os cabelos se levantarão da cabeça e a sua individualidade será passageira". Ele enganou-se e colocou-a dentro da camisa, sobre o peito nu. Desde que leu estas páginas, sonhou apoderar-se da esmeralda. Quando descobriu afinal o esconderijo, quis se apossar dela, e, sendo pressentido num acesso de furor, bateu com a bengala na cabeça do chofer, que tinha uma fratura recém-curada.

— Sim... — lembrou a srta. Gerreson — agora está explicado o assalto a Juliana. Eu dissera a Fred, gracejando, que a esmeralda estava no pescoço do gato e ele foi procurá-la... Só podia ser ele, pois desceu as escadas e não saltou a janela. E a única porta que dava para o exterior estava fechada à chave... por dentro... Pobre Fred...

Galara levantou-se:

— Preciso apanhar o trem, srta. Gerreson...

A moça encarou-o alguns instantes e depois falou:

— Sim... Vai levar a esmeralda... e depois... Sabe? Nora Gray, na noite de sua morte, disse-me que eu poderia contratá-lo, Galara, para alguma coisa... Eu gostaria, agora, de deixar um pouco a França e comprar, por exemplo, uma passagem para Calcutá...

NATUREZA MORTA
[1948]
Assinado como Solange Sohl

Os livros são dorsos de estantes distantes quebradas.
Estou dependurada na parede feita um quadro.
Ninguém me segurou pelos cabelos.
Puseram um prego em meu coração para que eu não
[me mova
Espetaram, hein? a ave na parede
Mas conservaram os meus olhos
É verdade que eles estão parados.
Como os meus dedos, na mesma frase.
As letras que eu poderia escrever
Espicharam-se em coágulos azuis.
Que monótono o mar!

Os meus pés não dão mais um passo.
O meu sangue chorando
As crianças gritando,
Os homens morrendo
O tempo andando
As luzes fulgindo,

As casas subindo,
O dinheiro circulando,
O dinheiro caindo.
Os namorados passando, passeando,
Os ventres estourando
O lixo aumentando,
Que monótono o mar!

Procurei acender de novo o cigarro.
Por que o poeta não morre?
Por que o coração engorda?
Por que as crianças crescem?
Por que este mar idiota não cobre o telhado das casas?
Por que existem telhados e avenidas?
Por que se escrevem cartas e existe o jornal?
Que monótono o mar!

Estou espichada na tela como um monte de frutas
[apodrecendo.
Si eu ainda tivesse unhas
Enterraria os meus dedos nesse espaço branco
Vertem os meus olhos uma fumaça salgada
Este mar, este mar não escorre por minhas faces.
Estou com tanto frio, e não tenho ninguém...
Nem a presença dos corvos.

SUARÃO, PRAIA GRANDE

FONTES

Álbum de Pagu: Nascimento Vida Paixão e Morte (1929). Publicado postumamente nas revistas *Código*, n. 2, Salvador, 1975, e *Através*, n. 2, São Paulo: Duas Cidades, 1978. Imagem também disponível em *Pagu: Vida-obra*, de Augusto de Campos. São Paulo: Companhia das Letras, 2014, p. 97.

Carta para Oswald de Andrade (1929). Disponível em *Dos escombros de Pagu: Um recorte biográfico de Patrícia Galvão*, de Tereza Freire. São Paulo: Senac, 2012, pp. 50-1.

Parque industrial (1933). São Paulo: Companhia das Letras, 2022, pp. 15-20.

Autobiografia precoce (1940). São Paulo: Companhia das Letras, 2020, pp. 9-26.

"A esmeralda azul do gato do Tibet" (1944). Publicado na revista *Detetive*, n. 196, 15 jun. 1944, também disponível em *Safra macabra*. São Paulo: Cintra, 2019, pp. 29-74.

"Natureza morta" (1948). Publicado no *Diário de S. Paulo*, São Paulo, 15 ago. 1948, também disponível em *Pagu: Vida-obra*, de Augusto de Campos. São Paulo: Companhia das Letras, 2014, p. 235.

CRÉDITOS DAS IMAGENS

p. 24: *Revista de Antropofagia*, São Paulo, 2. dentição, n. 2. *Diário de S. Paulo*, São Paulo, 24 mar. 1929. Coleção particular. Reprodução de Sérgio Guerini.

p. 25: Acervo de Augusto de Campos.

p. 26: *Álbum de Pagu: Nascimento Vida Paixão e Morte*, 1929. Coleção particular.

SOBRE A AUTORA

Patrícia Galvão, a Pagu, nasceu em 1910 e faleceu em 1962. Uma das personagens mais famosas do século XX, foi ativista política e intelectual. Em 1933, publicou o primeiro romance proletário brasileiro, *Parque industrial*. Além de sua vasta produção jornalística, é também autora (junto com Geraldo Ferraz) de *A famosa revista* e dos contos policiais reunidos em *Safra macabra*.

TIPOS Tiempos e Acier
COMPOSIÇÃO acomte
GRÁFICA Bartira
PAPEL Pólen Bold, Suzano S.A.
Outubro de 2023

A marca FSC® é a garantia de que a madeira utilizada na fabricação do papel deste livro provém de florestas que foram gerenciadas de maneira ambientalmente correta, socialmente justa e economicamente viável, além de outras fontes de origem controlada.